FOLIO POLICI

Caryl Férey

Plutôt crever

Une enquête de Mc Cash

Nouvelle édition revue et préfacée par l'auteur

Gallimard

Caryl Férey, né en 1967, écrivain, voyageur et scénariste, s'est imposé comme l'un des meilleurs auteurs du thriller français en 2008 avec *Zulu*, Grand Prix de littérature policière 2008 et Grand Prix des lectrices de *Elle* Policier 2009, et *Mapuche*, prix Landerneau polar 2012 et Meilleur Polar français 2012 du magazine *Lire*.

à Pascale M., pour le mode d'emploi
– au propre comme au figuré…
… à Lionel C. – qui n'en veut pas.

Partout où la volonté de vivre n'émane pas spontanément de la poésie individuelle, s'étend l'ombre du crapaud crucifié de Nazareth.

RAOUL VANEIGEM,
Traité de savoir-vivre à l'usage des jeunes générations

PRÉFACE

Pourquoi reprendre un texte quinze ans plus tard ? Ça faisait longtemps que je comptais revenir à ce roman ; les défauts de *Plutôt crever* me sautaient aux yeux. Je le savais en le rendant à mon éditeur de l'époque, mais ce dernier attendait la suite néo-zélandaise de *Haka* et n'avait pas le temps de travailler sur ce texte bancal, me renvoyant à ma solitude d'écrivain anonyme. Moi-même lecteur assidu, si je tombe sur un livre peu convaincant d'un auteur que j'aime, j'ai tendance à le laisser tomber. Si l'on rate un roman, il vaut mieux le retirer de sa bibliographie, ou le revoir du sol au plafond si l'on estime que ça vaut le coup. J'ai la faiblesse de croire que *Plutôt crever* mérite ce détour

Il y avait de bonnes idées (baroques) dans la précédente version mais la structure n'était pas dans l'ordre, les deux voix qui portent le récit (Mc Cash et le couple de jeunes en cavale) se répondaient de manière si anachronique que l'écho de leurs mésaventures se perdait dans les méandres de mes rhizomes. Je commençais par Fred et Alice, les jeunes « tueurs » partis en vacances pour ne rien dévoiler de leur crime, décrivant avec détail leurs dérives en bord de mer, au lieu de fouiller le personnage de Mc Cash, flic borgne autrement plus romanesque. J'ai donc inversé les récits, ranimant et développant Mc Cash, dynamisé le couple en fuite et passé la narration de Fred au présent. En effet, depuis le début, ce personnage ne tenait pas la route : trop pris dans les affres de ses méta-culpabilités, trop spectateur de ce qui arrive. J'avais déjà profité de l'édition en poche en 2006 pour passer son récit à la première personne, mais ce n'était pas encore ça.

Autre souci, Mc Cash était irlandais, expulsé à vingt ans vers la France après avoir fricoté avec l'IRA, avant de devenir flic à Paris… Sachant que la police française n'est pas la Légion étrangère et qu'aucune personne avec un casier judiciaire ne peut devenir inspecteur, il fallait quand même être rudement rêveur pour y croire.

Si l'histoire est aujourd'hui la même, le livre est pour moi assez méconnaissable. Il est enfin écrit comme il aurait dû l'être dès le début. Le voilà.

CARYL FÉREY,
été 2016

1

Tous morts

Mc Cash n'enlevait jamais son bandeau : plutôt crever. Même quand il faisait l'amour avec Angélique, il attendait qu'il fasse noir pour l'ôter, ultime coquetterie d'un homme aux abois.

Mc Cash avait perdu son œil droit à Belfast l'année de ses dix-sept ans, lors d'une rixe dans une taverne de sympathisants de l'IRA où les soldats anglais avaient cogné au petit bonheur, et depuis il ne se faisait aucune illusion : pour les gens, il n'était qu'un bandeau. Un bout de cuir noir au travers du visage, rien de plus. Pour preuve, son infirmité avait l'heur d'amuser : Moche Dayan était pour lui un surnom courant. Pour les plus jeunes, c'était « le pirate ». Dans tous les cas, Mc Cash passait « aperçu ». Ou plutôt, il ne passait jamais pour ce qu'il était. Son image l'avait en quelque sorte dévoré.

Puisque son infirmité n'inspirait aux hommes aucune compassion (comme si on pouvait devenir aveugle mais pas borgne), il avait vite appris à se désintéresser naturellement de ce qui se déroulait dans son angle mort : mangez à sa droite et il ne vous adressait pas la parole. Laissez-le conduire et il vous faudrait des trésors d'ingéniosité féminine pour qu'il daignât vous jeter un regard.

Son côté droit était vulnérable : il se méfiait des attaques, comme un animal. Ça le rendait hargneux.

De sa mère bretonne et de son père irlandais, Mc Cash gardait les séquelles d'un fort tempérament celte : quand il était calme, il écoutait les Stiff Little Fingers (des punks irlandais) et J.-S. Bach (un protestant), mangeait à n'importe quelle heure, buvait de la même manière, faisait l'amour dès que l'occasion se présentait sans s'attacher – il n'était pas un chien – mais avec une ferveur qui plaisait aux femmes – il n'était pas un chien.

Mc Cash avait quarante ans passés et ne parlait plus qu'à lui-même. Aux autres s'il était d'humeur. C'était un solitaire, paria volontaire et trop lié à sa névrose borgne pour faire un bon policier. Nul en droit, ou le faisant exprès. Soupçonné d'alcoolisme. Balancé inspecteur aux Mœurs de Rennes, comme formateur ; après douze ans de Criminelle à Paris, ça fleurait la naphtaline et le sandwich américain au bistrot du coin en épluchant le *Ouest-France* du jour.

Son travail ne lui plaisait pas beaucoup mais Mc Cash avait d'autres soucis existentiels. Sa vie, depuis la perte de son œil, n'avait-elle été qu'une fuite ? À qui en voulait-il au juste ? Au destin qui l'avait rendu borgne ? Au monde entier ?

Les femmes ne le quittaient pas, Mc Cash préférait leur échapper, s'écharper, les oublier. Ainsi il avait divorcé deux fois de la même femme. « Comme Liz Taylor ! » aimait-il plaider avec une férocité qu'on prendrait chez d'autres pour de la haine. De fait, Mc Cash avait du mal à aimer les gens, arrivait à peine à les tolérer dans le rétroviseur de son bolide sans pilote.

Sentimentalement paresseux, décalé du monde, il avait perdu le goût de la comparaison, et donc de lui-même.

Mc Cash était malheureux.

Le policier pesta contre la poudre qui lui démolissait les intestins, essaya de se concentrer sur sa tâche. En ce moment, il lisait Nietzsche, assis sur la cuvette des toilettes du commissariat :

> *Celui qui est mécontent de soi-même est continuellement prêt à s'en venger ; nous autres, nous serons ses victimes, ne fût-ce qu'en supportant son aspect répugnant ! Car celui qui est laid à voir rend mauvais et sombre.*

Mc Cash jubila : Nietzsche était certainement la pire chose qu'on pût lui mettre entre les mains ces temps-ci. Un type dangereux, comme lui.

Le borgne lisait *Le Gai Savoir* en désespoir de cause, mais de ses intestins plus rien ne sortait. Piètre allégorie de la condition humaine, songea-t-il. Pris à la fois de dégoût et de compassion pour lui-même, il extirpa un sachet plastique de la poche de sa chemise, saupoudra une nouvelle quantité de cocaïne sur la couverture du livre, roula un ticket de cinéma et inhala l'Immaculée Conception en priant pour que celle-là ne soit pas coupée aux laxatifs. Ça lui apprendra de piocher au hasard dans les saisies des Stups…

Il était deux heures de l'après-midi. Son nez le démangeait mais Mc Cash n'était pas un plaisantin ; il passa de l'eau froide sur son visage et harangua l'œil fou qui le regardait dans la glace.

— Pauvre con.

On frappa alors à la porte :

— Lieutenant ? Lieutenant Mc Cash ?

— Quoi ?! aboya-t-il, le temps de glisser le sachet de poudre dans sa poche.

Quand il sortit des toilettes, la vie allait vite. Le stagiaire Beauregard recula sous l'impact.

— Madame la commissaire vous demande dans son bureau. Elle vous attend…

Le jeune homme dansait d'un pied sur l'autre, avec ses binocles et le sourire crispé de ceux qui veulent bien faire. Mc Cash l'avait formé au tir mais Beauregard tirait mieux que lui. Ce cloporte avait encore ses deux yeux.

Mc Cash toisa le stagiaire, qu'il dépassait d'une tête.

— Ah oui.

— Oui. La commissaire ne m'a pas dit pourquoi, juste d'aller vous chercher…

C'était bien la première fois que Trémaudan voulait le voir… Mc Cash déambula dans les couloirs en repensant à la mise en garde de

Nietzsche, descendit les marches de l'écheveau de blocs monolithes constituant l'hôtel de police de la ville de Rennes. Il se sentait mauvais et sombre, comme dans l'aphorisme du philosophe tombé fou à Turin.

*

Anne-Françoise Trémaudan, la commissaire divisionnaire, avait quarante-six ans, une chevelure fournie qui d'après les goujateries de bureau était naturellement blonde, un grain de beauté discret sous la paupière gauche, des lèvres charnues malgré son air sévère et de petites lunettes rondes cachant à peine de longs yeux impétueux, noirs, brillants. Rien à espérer de ces yeux-là.

Elle jaugea le borgne qui se tenait devant elle. Belle bête malgré son bandeau noir. La femme avait toujours apprécié le mètre quatre-vingt-dix de son pire élément, la policière, elle, se méfiait : Mc Cash était une tête de mule de première catégorie et le préfet les observait dans un coin du bureau, bras croisés sur une chaise ergonomique. Trémaudan ne voulait pas d'impair.

— Nous avons une petite affaire à vous confier, dit-elle en inclinant la tête vers le haut fonctionnaire.

Pierre Basillac portait un costume Renoma fabriqué en Birmanie et un certain embonpoint, comme un vieux relent de Périgord. Mc Cash l'avait croisé deux ou trois fois dans les couloirs. Rien à foutre.

— C'est au sujet d'un certain Le Cairan. Frédéric Le Cairan, précisa la divisionnaire en parcourant la feuille qui traînait sur son bureau. Il y a une plainte contre lui et j'aimerais que vous vous occupiez personnellement de son cas. M. Bénouville vous expliquera tout mieux que moi.

— Bénouville ?

— Le plaignant. C'est aussi un ami de monsieur le préfet…

Depuis la fenêtre, un rayon de lumière crue faisait danser les reflets de sa chevelure. À ses côtés, Basillac ne bronchait pas.

— Qu'est-ce que vous attendez de moi au juste ? demanda Mc Cash.

— Vous aviserez après votre entrevue avec M. Bénouville, répondit-elle. Il vous attend dans votre bureau. Je pense qu'un complément d'enquête ne sera pas superflu…

Le téléphone sonna. La discussion fut brève : le commandant Legay, de la direction de la Surveillance du territoire, venait d'arriver. Mc Cash observait sa supérieure hiérarchique, les dents serrées sous son masque de borgne après la prise de cocaïne. Le meurtre du député Longemoux, survenu dans la nuit, mettait la commissaire en première ligne. Dans l'éventualité d'une action terroriste, le préfet Basillac avait rameuté les spécialistes de la DST, qui arrivaient de Paris. Un juge antiterroriste avait été saisi et les commissions rogatoires n'allaient pas tarder à pleuvoir… Trémaudan raccrocha bientôt, visiblement impatiente de passer aux choses sérieuses.

— Vous pouvez disposer, lieutenant, dit-elle comme on évince un domestique.

*

Henri Bénouville, l'ami du préfet, était un petit homme râblé d'une soixantaine d'années. Il avait de courts cheveux gris sur une nuque potelée, un costume marine assorti d'une chemisette blanche à rayures et d'une cravate glissée dans un pull sans manches. Il se leva à l'approche de l'inspecteur et se présenta avec une élégante courtoisie. Coupant court aux civilités, Mc Cash prit place derrière la somme d'encombrements qui tapissait son bureau.

— Qu'est-ce qui vous amène ? dit-il sans vraiment desserrer la mâchoire.

— C'est au sujet de mon petit-fils, commença Bénouville. Frédéric, précisa-t-il.

— Qu'est-ce qu'il a, votre petit-fils ?

— Nous… nous n'entretenons pas de très bons rapports tous les deux, avoua le grand-père avec une certaine gêne. Je veux dire, nous sommes en conflit depuis quelque temps au sujet d'une affaire de famille… Enfin, Frédéric a perdu ses parents au printemps dernier, je veux parler de ma fille et de mon gendre, un terrible accident de voiture, et… à la mort de ses parents, Frédéric a cherché à obtenir la garde de sa sœur. La plus petite, Mathilde. Bien entendu, il ne l'a pas obtenue. Frédéric est un de ces chômeurs professionnels qui refusent le travail qu'on leur propose, un assisté qui…

— Venons-en aux faits.

Mc Cash se fichait de sa descendance, de son amitié avec le préfet, de son air contrit.

Bénouville acquiesça.

— Mon épouse et moi-même avons naturellement obtenu la garde de la petite Mathilde, poursuivit-il, mais Frédéric s'est obstiné. On se demande d'ailleurs pourquoi… Enfin, son appel ayant été rejeté, il n'a rien trouvé de mieux à faire que de venir nous menacer chez nous, à La Baule, dans notre propre maison : il a frappé ma femme au visage et moi-même, à plusieurs reprises. Voici les attestations du médecin…

Il tendit une feuille au borgne, qui la reposa sur une tasse pleine de mégots.

— C'est aux policiers de La Baule de régler cette histoire, non ? dit-il.

— C'est que Frédéric habite Rennes et… vous ne le connaissez pas, lieutenant. Il peut être dangereux.

De fait, Henri Bénouville semblait particulièrement nerveux, la tête rentrée dans ses frêles épaules.

— Pourquoi votre petit-fils vous a frappés ?

— Je ne sais pas, concéda-t-il, les yeux humides. Sa colère était terrible… Ce n'est pas la première fois qu'il se met dans des états pareils ; depuis son intrusion chez nous, mon épouse et moi-même avons peur de sa violence qui, je le répète, peut être absolument incontrôlée. Il nous a frappés, lieutenant : ses propres grands-parents… Pour tout vous dire, j'ai peur qu'il n'en vienne un jour à…

Bénouville laissa sa phrase en pâture au silence.

— Quoi ? À vous tuer ?

L'homme se tassa un peu plus sur sa chaise. Mc Cash le considéra avec mépris. Il détestait la faiblesse, la couardise, les jérémiades en général et celles des vieux en particulier, la cocaïne le rendait agressif mais il se calma devant le regard contrit du sexagénaire.

— Bon, soupira-t-il, dites à votre épouse de ne plus s'en faire, je vais aller lui secouer les puces, à votre Frédéric…

— C'est que je tiens à porter plainte ! s'écria Bénouville.

— Si ça vous chante. Pour les procès-verbaux, prenez la première à droite en sortant du bureau. Demandez le stagiaire Beauregard.

Le borgne avait autre chose à faire que remplir des formulaires et Bénouville le déprimait avec ses histoires de famille. Mc Cash n'avait pas de famille, ils étaient tous morts.

2

Le contraire du sens

Le monde a changé d'écorce et l'arbre de vie s'est fait la malle. Rien n'est écrit, je crache depuis trop longtemps sur le destin qu'on a choisi pour moi, mais ce matin je ne reconnais plus rien. À peine mon visage dans le reflet du rétroviseur de la voiture.

C'est pourtant un de ces dimanches comme tant d'autres, lent, inutile, *a priori* sans danger. Dans ma tête, le silence est si profond qu'on pourrait y jeter des cailloux. De notre fuite nocturne, je ne garde que des flashes, les enseignes du Géant Casino sous la bruine, les ombres de la forêt à la sortie de Rennes, Alice au volant, livide, et moi qui regardais mes mains comme celles d'un autre…

La peur de se faire attraper est passée, pas l'envie de dégueuler.

Alice est là, à moitié avachie sur le siège en skaï de la voiture. Elle non plus ne dit rien. On vient de se garer sur la place d'un village, en face de la boulangerie. Balayant les rues, une brise tiède se cogne aux portes closes comme un facteur analphabète. Ce n'est pas Tijuana et le mythe de la frontière qu'on passe à gué poursuivi par les fédéraux mais le désert – Louvigné-du-Désert, un village à la lisière de la Manche, toujours au garde-à-vous après cinquante ans de départementale. À droite, des maisons de granit aux rideaux blancs tirés, à gauche un bistrot de campagne, une fontaine à pompe et un fleuriste en liquidation : sous les marronniers de la place, j'aperçois deux gosses à mobylette mais pas l'ombre d'un flic…

Alice s'étire à mes côtés, cachée derrière ses lunettes de soleil. Elle dit qu'elle a mal au cou, qu'elle a faim, qu'il fait beau, que la boulangerie d'en face est ouverte. Après notre bout de nuit passé à écouter les moustiques tournoyer dans l'habitacle, elle aussi a besoin de se rafraîchir les idées. Alice claque la portière, lace ses tennis blanches contre le pare-chocs en visant la boulangerie, se redresse bientôt et, de l'index, commence à dessiner des signes mystérieux sur le capot crasseux. Je n'ai jamais lavé ma voiture – plutôt crever. Avec Alice on la traite de poubelle mais en réalité c'est une 504 Peugeot bleu métallisé, fleuron de l'industrie automobile française à l'époque où le pays dérivait encore vers une démocratie de (super) marché. Je n'ai pas passé de contrôle technique depuis mille ans : putain, je maugrée, manquerait plus qu'on nous arrête à cause d'elle… En plus, j'ai oublié la carte grise.

Je regarde Alice faire, pris dans un brouillard définitif, me demande ce que je fous dans ce village perdu alors qu'une frousse carabinée me colle au train. Son dessin visiblement achevé, Alice repousse la mèche qui gribouillait du vent sur son nez avant de venir taguer ma joue par la vitre ouverte.

— Tu te sens comment ?

Le bout de son doigt est tout noir.

— D'après toi ? je la rabroue comme si elle était responsable de ce qui m'arrive. En plus j'ai mal au crâne suite à la cuite d'hier soir…

Elle frotte son œil boursouflé.

— C'est souvent comme ça quand on ne s'est pas amusé.

— Tu parles d'un euphémisme…

J'ai l'impression de vivre un cauchemar, en direct. Alice me jauge un instant, énigmatique. Elle porte un pantalon trop grand, un tee-shirt de fille, une chemise déboutonnée, ses tennis et une paire de lunettes noires qu'elle ne quittera pas de sitôt – un moustique l'a piquée cette nuit à la paupière.

— La boulangerie est ouverte, dit-elle, tu…

Mais un vacarme assez épouvantable laisse sa phrase en suspens ; les gamins à mobylette se ruent sur nous, la mine sévère derrière les casques à mangeoire. Alice grimace tandis que, passant à notre hauteur, les gosses nous saluent d'une pittoresque roue arrière.

Je désigne les blancs-becs :

— Je leur casse la gueule si tu veux ?

Une réplique de *Pierrot le Fou*, qui l'accompagne jusqu'à la boulangerie. Il n'y a pourtant pas de quoi la ramener : je viens de tuer un homme, moi le type le plus pacifique du monde. Incapable de remettre dans l'ordre la succession d'événements qui m'a mené là, j'allume une cigarette, la première de la journée, pas bonne : le petit déjeuner est encore dans la boulangerie. Depuis le pare-brise, j'aperçois la silhouette d'Alice derrière les étalages. Sur le coup, je ne sais plus trop quoi penser d'elle. Comme meilleure amie, on pourrait rêver moins tordue. Moins fleur empoisonnée…

Tout a commencé hier après-midi, quand je suis passé la prendre à la gare de Rennes : Alice venait du Pays basque où elle réside, pour un mois de vacances en Bretagne. Notre départ était initialement prévu le lendemain, après le mariage d'un vieux copain auquel je ne pouvais couper. Ce genre de rituel fichant le cafard, on s'est éclipsés à l'attaque de la pièce montée, quand Alice m'a proposé une escapade jusqu'à Cancale « histoire de prendre l'air ». Je ne me suis pas méfié – on était amis.

On a fumé un stick d'herbe au bout de la jetée, déjà à moitié cuits par le vin des mariés, en regardant le ciel tomber sur le port de Cancale, envasé à marée basse. Je ne savais pas qu'Alice avait un plan derrière la tête, la mienne était prise dans un étau à cause de la petite et, si j'essayais de cacher mon amertume pour ne pas polluer mon amie avec mes problèmes de famille, elle ne fut pas dupe longtemps.

— Qu'est-ce qu'il y a, Fred ? Tu as l'air tout sombre…

— Bah : c'est le soir qui tombe, je tentai de biaiser.

— Arrête tes conneries, tu veux. Depuis que je t'ai vu à la gare, je sais que quelque chose ne va pas. Tu ne souris pas pareil… Alors ?

Son intelligence fine, l'humour de ses lettres et son goût du mystère alimentent ma fibre subversive depuis des années, mais j'avais tenu Alice loin des histoires de la petite : notre amitié se devait d'être légère, créative, faite de jeux, littéraires ou non.

— Alors ? elle insista.

Je finis par sortir la lettre qui depuis deux jours traînait dans ma poche, les yeux déjà embués. Une missive administrative, que je lui tendis sans un regard, de peur de me trahir. Alice parcourut les premières lignes, un peu étonnée.

— Qu'est-ce que c'est que ça ?

— Une lettre du juge des Affaires familiales.

— Je vois bien. Qui c'est cette gamine ?

— Lis.

Elle lut.

— Merde, dit-elle enfin.

— Ouais.

— Tu ne m'avais pas dit que tu avais une sœur, fit-elle.

— Je la connais à peine… Et puis les choses se sont précipitées ces derniers temps…

Je recrachai la fumée du stick qui me brûlait les poumons. Alice gambergeait quand mon cœur valdinguait dans les vagues : une petite sœur, quand même, j'aurais pu lui en parler… J'en aurais cassé le ciel en deux.

— Qu'est-ce que tu vas faire si l'appel est rejeté ? demanda-t-elle.

— Je ne sais pas.

Alice écrasa le joint sur les planches du ponton, me lança un regard en coin et ouvrit son petit sac à dos… Je mesurais la distance qui me séparait du bout du monde quand elle posa une boîte à chaussures sur mes genoux, empaquetée dans du papier journal.

— Qu'est-ce que c'est ?

— Ton cadeau d'anniversaire, répondit-elle.

J'ai eu trente ans le mois dernier.

— C'est un cadeau un peu spécial, elle ajouta.

Les yeux d'Alice pétillaient sec. Ça sentait le coup fourré, pas le guet-apens. Le papier journal s'envola dans un courant d'air.

Je n'avais jamais vu de Smith & Wesson : celui-ci était chromé. Sur le coup on ne peut pas dire que je l'aie trouvé beau (c'était une arme à feu), mais je dois avouer que l'objet avait une drôle d'allure dans ma main. Je l'ai d'abord soupesé :

— Dis donc, c'est lourd.

— Ça doit être une question d'habitude.

Alice n'était pas joyeuse, juste inquiétante. Ça ne lui ressemblait pas. Dans la boîte à chaussures, il y avait également un livre, les *Mémoires* de Lacenaire, sur lequel naviguaient cinq balles de gros calibre et une trousse de couture : à l'intérieur, deux petites pinces d'acier, un crayon bic, du papier à cigarettes et une épingle à chapeau.

— Où tu as trouvé ça ?

Je ne savais pas quoi dire d'autre. Alice haussa les épaules, comme quoi ce n'était pas le plus important, se leva et marcha les mains dans les poches vers le bout de la jetée. Assis sur le ponton, le revolver à la main, je restai sceptique : nous n'avons aucune fascination pour la violence, les armes à feu, les voitures qui explosent, nous sommes des gens normaux, du moins le croyais-je.

Je pris une balle au hasard, que j'enfonçai dans le barillet avant de le faire tourner, toujours au hasard. Je visai l'horizon. Tu parles d'un cadeau… Non, je ne comprenais pas.

Clac !

Le son du coup tiré à vide flottait encore dans la brise quand Alice souffla :

— Fred !

Un couple de retraités approchait du ponton, bras dessus bras dessous. Je rangeai illico l'arme dans la boîte, anxieux à l'idée qu'ils aient repéré mon petit manège, mais les vieux amants m'adressèrent un signe de tête avant de dépasser Alice et d'admirer la baie du Mont-Saint-Michel qui pointait son clocher dans le crépuscule… Cela dura un certain temps. Les amoureux semblant disposés à passer le reste de leur vie au bout de la jetée, on a fini par regagner la Poubelle.

Il crachinait un peu sur le port de Cancale mais les restaurants étaient pleins. J'ai pris le volant et filé sans un mot jusqu'à la salle polyvalente où se déroulait la noce…

Pourquoi ai-je laissé la balle dans le barillet ?

Pourquoi ne l'ai-je pas ôtée avant de retourner à ce foutu mariage ?

Bon Dieu, je n'en savais rien. Ou plutôt si : j'ai oublié.

J'ai tout bonnement oublié…

Alice apparaît sur le seuil de la boulangerie de Louvigné-du-Désert, les bras encombrés de croissants, puis me fait signe de la rejoindre au bistrot d'à côté, qui vient d'ouvrir.

Je traverse la rue en automate, surveillant les angles morts. Aussitôt poussée la porte à carreaux orange, une odeur familière m'invite à la fermer. À l'intérieur du bar-tabac, l'ambiance est au western agricole. Ici on boit en bottes de caoutchouc ou en treillis mais vite et en silence ; ourlés au comptoir, les clients s'enfilent des petits blancs sous le regard impassible du patron, la bouteille de muscadet posée sur le zinc humide. C'est la rosée des ivrognes… Enviant un instant aux buveurs ce goût de pâte molle qu'on traîne dans la bouche jusqu'au déjeuner, je dis bonjour du bout des lèvres, en pauvre con de citadin.

L'assemblée me répond, le mégot collé à la bouche. Après un rapide slalom entre les tables vides, je rejoins Alice, retirée dans un coin.

— Tu as commandé ?

— Oui.

La table est un de ces objets infâmes en faux bois mais les miettes de croissant glissent très bien dessus : Alice fait des petits tas, imagine quelque chose sans doute, se tait. Le port des lunettes noires doit l'agacer.

Je me demande si elle m'en veut.

Je me demande aussi si je lui en veux.

J'oublie de lui parler de son message trouvé sur le capot, ne pense qu'à ce terrible accident, cette nuit.

— Tu crois que le type…

— Non. Non, dit-elle, je ne crois rien du tout.

Raclant ses chaussons sur le sol poussiéreux, le patron arrive avec le petit déjeuner. Un café et un thé. Alice cesse de classer ses miettes sur la table.

— Ils sont pénibles avec leur Lipton Yellow…

Elle ligote le sachet avant de le jeter dans le cendrier.

— Tu es sûr que tu ne veux pas de croissant ?

— Oui.

Pas faim. Juste envie de disparaître de la surface de la Terre. Alice file jusqu'au comptoir et demande le journal du jour. Pour rigoler, le patron lui tend le torchon. Les loustics se marrent de concert, un œil sur sa poitrine compressée sous son tee-shirt. Elle revient vers moi, le regard sombre. Ses lunettes de soleil n'y sont pour rien : la manchette de *Ouest-France* tombe sur la table en formica.

Je sais lire. Malheureusement. Déjà mes yeux se brouillent, incapables de décoller du visage de Longemoux, souriant pour la photo.

Philippe Longemoux est l'homme que j'ai abattu cette nuit, en rentrant du mariage. Un député. Mort sur le coup. Une balle dans le cœur, paraît-il.

Marié, et père de deux enfants par-dessus le marché. Pour le moment on ne sait rien du meurtre, la nouvelle a été lâchée en dernière minute par les correspondants de nuit mais on prépare la grande battue. Car les coupables seront châtiés. Durement. Ils l'ont dit.

Je repousse le journal sur la table, des petits morceaux cassés au fond de moi. Le cauchemar recommence : les gens me dévisagent, comme s'ils savaient que c'est moi le criminel, le monstre sanguinaire, le déséquilibré chronique qui tue les gens au hasard de ses délires. Même les habitués du café m'envoient des regards accusateurs… Quand cinq minutes plus tard je ressors des lavabos, Alice lit le journal démocrate-chrétien.

— Tu crois que les flics me recherchent ? je chuchote, livide.

— Non, répond-elle en levant la tête. Non… pas encore.

— Il y a un témoin ?

— Non. Enfin, pas pour le moment. Tu as vu un témoin, toi ?

— Non. J'ai rien vu du tout.

C'est vrai. Je me souviens à peine du coup de feu. Alice écartèle les bras d'un croissant, songeuse. Qu'elle m'ait donné ce revolver fait d'elle une complice en puissance. C'est sans doute pour ça qu'elle a ramassé l'arme sur le trottoir avant de me tirer vers la voiture. On aurait pu se rendre, plaider l'accident, dans la précipitation on ne l'a pas fait. Et puis se rendre, ce n'est pas trop mon truc…

— Qu'est-ce que tu veux faire ? demande-t-elle.

Je réponds la vérité :

— Je ne sais pas. Il faut que je réfléchisse. Et là, j'en suis pas trop capable.

Je suis dans une merde noire, la pire de ma vie qui pourtant en a vu d'autres : hormis une carte bleue, je suis quasiment sans ressources, ma famille est morte ou à enterrer, mes copains trop nombreux pour garder secrète une planque et je n'ai nul endroit où me cacher. L'étranger ? Je n'ai même pas mon passeport sur moi…

— Tu as pensé à une planque ? dit-elle doucement, lisant dans mes pensées.

— Non.

— Et ton copain, là, l'imprimeur…

— Filoc'h ? Non, trop dangereux : tous les flics le connaissent.

Dans le coin du bistrot, même les rideaux font grise mine. Vomir m'a retourné l'estomac mais ça ne va pas mieux. Je me sens comme un lapin pris dans les phares.

— Alors ne changeons rien, dit-elle.

Je regarde Alice avec des yeux de taupe.

— Comment ça « ne changeons rien » ?

— Faisons comme prévu.

Partir en vacances. Elle parle de partir en vacances, comme si rien n'était arrivé. La politique de l'autruche. Marre de ce bestiaire à la con.

— Tu as l'air d'oublier que…

— Non, coupe Alice : non, justement. On sera moins suspects si on ne change rien à nos habitudes…

L'absurdité de la proposition la rend presque calme. Son sang-froid m'impressionne mais ne colmate ni mon désarroi ni ma rancœur envers moi-même. Quel con. Je rallume une cigarette, pas meilleure que la première, hésite, ce qui m'irrite prodigieusement, mais que faire ? Assise face à moi, cachée derrière ses lunettes noires, Alice semble sûre de son coup. Faire semblant de partir en vacances : est-ce n'importe quoi comme idée ou la meilleure façon de ne pas éveiller les soupçons, comme elle le prétend ? Oui, tant qu'il n'y a pas de témoins, j'ai peut-être une chance, mais en me suivant Alice prend des risques inconsidérés : les mesure-t-elle ?

Je dépose le contenu de mes poches au hasard de la table en signe d'assentiment :

— OK. OK, foutons le camp.

Un euro soixante, un morceau de crayon à papier et un vieux bout de shit dont j'avais oublié l'existence roulent sur le formica.

— Bon, dis-je en rattrapant la boulette : et dans quel sens on va ?

— Dans le sens inverse. Pour brouiller les pistes.

— Pourquoi ?

— Parce que l'inverse, c'est le contraire du sens.

3

Agité

Mc Cash habitait le vingtième étage de la tour des Horizons, sorte de cheminée titanesque plantée au bord du fleuve coulant le long des quais, la Vilaine, laquelle portait bien son nom avec son parking sur le dos. L'appartement en lui-même ne valait guère mieux. Mc Cash n'avait touché à rien depuis le départ définitif d'Angélique six mois plus tôt : comme ils cassaient alors les cloisons pour agrandir leur espace vital, tout était resté en chantier. Il avait bien consenti à ramasser les gravats dans des sacs de jute, mais comme ils les avaient entassés devant l'âtre, ils étaient toujours là, otages de sa paresse, couverts de poussière.

Un malstrom de fils électriques pendait des murs délabrés mais il ne craignait rien : aucun enfant ne venait jamais chez lui. Quant au matériel accumulé par leurs années de vie commune, il laissait tout tomber en panne sans prendre le soin d'en changer.

Avachi dans le canapé du salon livré un jour de petite déprime, Mc Cash regardait d'un œil morne la télévision où, afin d'épater la fille assise à ses côtés, le héros, un flic, plaquait son gyrophare hurlant sur le toit de sa Renault 30 avant de se faufiler dans l'embouteillage qui les bloquait illico. Un film français de la fin des années soixante-dix. Sa jeunesse : l'Irlande occupée lui détruisait un œil avant de lui claquer la porte au nez, et lui revenait à vingt ans sur les terres de sa seconde patrie grâce à la double nationalité héritée de sa mère. Il ne comptait pas refaire sa vie en France, juste fuir la morosité des rues de Belfast et la morgue des soldats anglais.

Mc Cash ne se plaignait pas, la décennie suivante avait été pire : Reagan, Berlusconi, l'apologie du toc, du publicitaire, l'art en parts de marché, le son le plus ringard jamais produit en rock, le Paris-Dakar, la 205 Peugeot, partout un mauvais goût clinquant et carnassier, sans parler de son entrée dans la police, sa rencontre avec Angélique…

Mc Cash ne savait pas s'il était beau mais il plaisait aux femmes. Lui-même les adorait, bien qu'incapable d'en saisir le sens. Les femmes, quant à elles, lui reprochaient sa cruauté, son dandysme parfaitement dépravé, son goût pour les autres femmes, l'alcool et les drogues qui le portaient soi-disant en triomphe dans le petit matin titubant, tout en appréciant son humour féroce, ses bras noueux, ses rares touchants moments de tendresse, son appétit, voire sa gourmandise – et puis aussi sa cruauté, son dandysme dépravé, son goût pour l'alcool et les drogues qui le ramenaient parfois avec elles dans le petit matin titubant, à force de triompher.

Mc Cash était parfois un peu phallocrate, ce qui le faisait souvent passer pour un misogyne. Afin d'aider les gens à le mettre dans une case, il disait par exemple que « si l'homme descend du singe, la femme y est pour quelque chose » – ce qui n'est pas très malin puisque, en attendant, il n'avait pas fait l'amour depuis des mois. Ça commençait à le tarabuster.

Oui, les hommes sont paresseux… Ah ! Il lui en aurait fallu du courage et de l'esprit de sacrifice pour faire un enfant à Angélique, du désir. Seulement voilà, il était paresseux : pas assez d'envie dans la carcasse. Dommage. Ou tant mieux – il ne savait plus.

Il songea à l'affaire que lui avait assignée la commissaire pendant que les flics d'élite partaient à la chasse aux tueurs de député, sans consentir à se bouger. La dope le rendait vaseux. Mou. Tout ce qu'il détestait. Comme la télé qu'il regardait. Il vivait en boucle, toujours la même, au fond d'une impasse où il s'était fourré tout seul. Angélique avait bon dos. Au fond, il avait tout fait pour qu'elle parte, un suicide amoureux qui justifierait tous les laisser-aller du monde… Il se coucha avec cette idée, s'endormit avec celle du cul bombé d'Angélique contre son pubis et ne rêva pas, ni d'elle ni de rien.

Même les rêves le fuyaient comme un chien galeux.

*

Midi. Un soleil timide perçait les bandes de nuages. Mc Cash roulait dans le labyrinthe des sens interdits du centre-ville. Le quartier du haut des Lices était devenu une vraie cour des Miracles avec tous les zombis qui squattaient là et il ne savait pas où garer sa bagnole.

Outre la copie du procès-verbal établi par le stagiaire Beauregard concernant la plainte d'Henri Bénouville, la boîte à gants de sa Renault Safrane de fonction abritait un chewing-gum à la chlorophylle, des cédés sans pochettes, un .44 Magnum chargé, trois paquets de Marlboro dont les languettes déchirées rappelaient les oreilles d'un cocker, un livre de James Crumley en version originale, quatre boîtes de pellicules bourrées d'herbe africaine, un mini-jeu d'échecs électronique, les sachets de cocaïne soutirés aux Stups la veille, une poignée de balles, deux feutres noirs, plusieurs types de poussières et un carnet de notes dans lequel il établissait ses listes.

Mc Cash aimait les listes. Son esprit lui-même en regorgeait : liste de ses maîtresses, anciennes ou futures, du temps qui passe, fragmenté en années et non en époques (par exemple, il ne disait pas « quand j'étais avec ma femme » mais « en 95-2002 »), mais aussi de ses livres, ses voitures, ses disques, ses dealers, ses prostituées, etc. Les listes lui procuraient des bases, comme si le sol allait sauter sous ses pieds.

Un créneau se libéra place Sainte-Anne. Il se parqua devant les punks New Age qui clochardaient à l'entrée du bureau de tabac. Leurs chiens avaient l'air en meilleure forme que leurs maîtres à piercings. Repoussant les bâtards de la semelle, Mc Cash traversa la rue Saint-Michel sans s'arrêter à aucun bistrot et salua cette performance en dérapant sur une crotte à l'angle de la rue Duguesclin. Il essuya ses semelles sur l'arête du trottoir et pénétra dans le hall d'un bâtiment classé. Là, il consulta la liste des résidents, répartis en trois étages : Le Cairan habitait au dernier.

Mc Cash sonna à sa porte, attendit en bougonnant, insista : personne.

Le voisin de palier et les locataires du deuxième s'avérant eux aussi absents, le borgne descendit au premier étage. La semi-obscurité de l'escalier l'avait contraint à remettre son bandeau, exercice qu'il effectuait plusieurs fois par jour sans que personne vît jamais sa prothèse. Interdit. Tabou. Plus qu'un vieux complexe, une honte… Mc Cash se dandinait sur le paillasson devant une porte qui enfin s'ouvrit.

La femme qui lui fit face avait les cheveux longs et bruns, l'œil noisette, le teint plein d'intempéries, avec des taches de rousseur assez discrètes et un air sérieux qui ne demandait qu'à évoluer. La quarantaine, à peine.

— Bonjour, annonça Gwenaëlle Magadec sans se fissurer d'un sourire.

— Lieutenant Mc Cash, dit-il sans montrer sa carte.

— Vous venez au sujet du député, je suppose. J'ai tout dit à vos collègues…

— Le député ?

— Bah : Longemoux…

Elle portait un pantalon léger, un pull noir et pas de chaussures. Mc Cash la regardait comme s'il s'agissait d'une sculpture bondage, regretta son haleine de tabac froid.

— Eh bien, s'étonna-t-elle, pour un flic on peut dire que vous êtes au courant !

— C'est ici qu'il a été tué ? réalisa Mc Cash.

— M. Longemoux habitait juste au-dessus, fit-elle en levant ses yeux d'ourson vers l'étage.

— Ah… Non, je viens pour votre voisin du troisième, Frédéric Le Cairan. J'ai une plainte contre lui. Vous le connaissez ?

— Un peu, concéda-t-elle. Pourquoi, qu'est-ce qu'il a fait ?

— J'aimerais le voir, c'est tout. Vous savez où je peux le trouver ?

— Je crois qu'il est parti en vacances.

— En vacances ? Quand ça ?

— Samedi ou dimanche, dit-elle, évasive.

— Où ?

— Je ne suis pas son agence de voyages.

Ses orteils jouaient de l'orgue sur les lattes du palier. Une danseuse peut-être.

— Et vous savez quand il revient ? relança Mc Cash.

— Non.

Le Cairan avait quitté son domicile le jour même de l'exécution de Longemoux : hasard ou coïncidence ?

— La police ne l'a pas interrogé au sujet du député ? demanda Mc Cash.

— Pourquoi ?

— Il aurait pu être témoin du meurtre.

Gwenaëlle Magadec haussa les épaules.

— Vous l'avez vu la semaine dernière ? reprit-il.

— Non, Fred était absent.

— Vous savez où il était ?

— Non.

— Vous l'avez vu quand pour la dernière fois ?

— Samedi midi. Je crois qu'il devait se rendre au mariage d'un copain, du côté de Saint-Malo : il m'a emprunté mon K-Way.

— Un K-Way ?

— « Au cas où des poivrots me dégueuleraient dessus » : c'est ce que Fred m'a dit, répondit sa voisine dans un mince sourire.

— Qu'est-ce que c'est que ces conneries ?

— Le genre de Fred, fit-elle, énigmatique.

Un courant d'air frais glissa par l'embrasure de la porte. Gwenaëlle avait achevé son concerto pour pieds nus.

— Vous avez d'autres questions à me poser ?

Mc Cash se sentait de trop.

— Vous qui avez vu Fred Le Cairan samedi midi, abrégea-t-il. Il avait l'air comment ?

— Normal.

— C'est-à-dire ?

— Agité.

4

S'envoyer en l'air

Nous avons quitté Louvigné-du-Désert par une voie unique, comme des fugitifs. Ce n'est pas comme ça que je vais récupérer ma petite sœur mais la route me donne une vague sensation de liberté.

Avec Alice, on a parlé de rejoindre la côte, sans trop savoir laquelle. Les cylindres de la Poubelle claquent dans le vent de la vitre ouverte, le soleil brille et il est bien le seul : un œil sur la campagne, l'autre dans le rétroviseur, je réfléchis à vide. Mes pensées butent les unes contre les autres, reviennent sans cesse à leur point de départ. Aucune explication valable, ni excuses ni justifications. Ce qui m'arrive aujourd'hui n'était pas prévu dans mes plans de sauvetage mais mon instinct me dit de fuir, au risque d'aggraver mon cas.

Le meurtre ayant eu lieu à Rennes, les flics commenceront par chercher en ville. Ça nous laisse un peu de temps, mais pour faire quoi ? Et où aller ? Près de moi, Alice consulte la carte Michelin qui traîne dans la boîte à gants.

— Il va falloir que je trouve un peu de fric, dis-je au bout d'un moment : un euro soixante, ça va pas me tenir jusqu'à la mort.

— Il y a ma carte de crédit.

— C'est le meilleur moyen de se faire repérer.

— Pourquoi ? Quelqu'un sait que nous sommes ensemble ?

Je réalise que non. J'ai dit à qui voulait l'entendre que je partais en vacances dimanche mais je n'ai pas dit avec qui ni où – comme Alice me l'a demandé dans sa dernière lettre… elle n'est pas à une excentricité près mais celle-ci, à la réflexion, semble étrangement préméditée.

— Non, personne, répondis-je. Enfin, je ne crois pas. Ça change quoi ? Tu as de l'argent ?

— Un peu.

Sous le souffle de la vitre ouverte, les mèches d'Alice voltigent, brunes, jamais ensemble. Je jette un œil sur le sac à dos posé à ses pieds – d'après mes souvenirs, c'est là qu'elle a rangé le revolver.

— Il serait temps de s'en débarrasser, dis-je sans nommer l'engin.

Alice incline son visage sur la mousse apparente du repose-tête.

— S'en débarrasser ?

— Tu ne trouves pas qu'on a fait assez de conneries comme ça ?

— Si, bien sûr…

Elle ne semble pas très convaincue. Je double une caravane couverte d'écussons.

— Dans les films, tout le monde se débarrasse

de l'arme du crime, dis-je. Il faut même être rudement con pour la garder.

— Oui, mais on n'est pas dans un film.

— Alors il va falloir que tu m'expliques.

— Quoi ?

— Pas quoi, pourquoi.

— Pourquoi quoi ?

— Pourquoi tu m'as offert ce revolver.

Je suis le seul coupable, certes, mais offrir une arme à feu à un type comme moi, il y avait des façons moins dangereuses de me souhaiter un bon anniversaire.

— Pourquoi ? répète Alice. Tu as lu le mode d'emploi, non ?

Je quitte un instant la route des yeux.

— Quel mode d'emploi ?

Alice me regarde comme si j'avais beaucoup changé.

— Tu ne l'as pas lu ? Je t'ai laissé un moment seul sur la jetée…

— Eh bien, non !

— Pourquoi tu ne me l'as pas dit ?

— Pas dit quoi ? Bon Dieu, Alice, je ne sais même pas de quoi tu parles !

— Il y avait un petit carnet dans la boîte à chaussures, dit-elle.

Sa voix ne pèse pas lourd dans le vacarme de la vitre ouverte.

— Je n'ai pas vu de carnet, dis-je. Ça change quoi ?

Elle soupire derrière ses lunettes de soleil. Je suis satellisé, sur une île noire à l'autre bout du cosmos.

— Alors ? je la relance. On n'a qu'à le jeter n'importe où ce putain de revolver : dans le fossé !

— Non, dit-elle en secouant la tête, trop dangereux. Des gamins pourraient tomber dessus.

Des gamins… J'écrase ma cigarette dans le tas de cendres qui trône sur le tableau de bord.

— Je t'expliquerai tout, dit-elle enfin. Ce soir. Laisse-moi jusqu'à ce soir, le temps de trouver un endroit tranquille. De là, on avisera…

Le feu clignotant d'un passage à niveau stoppe notre fuite vers le grand nulle part. Impossible de rien déceler derrière ses lunettes.

— Bon, soufflé-je, on a parlé d'aller à la mer, pas au Mont-Saint-Michel. Faudrait se décider.

Je ne sais plus quoi faire de ma peau mais Alice semble avoir mué depuis un certain temps :

— J'ai peut-être une idée, dit-elle. Il faut que je téléphone.

— Quel genre d'idée ? je me méfie.

— Un copain, qui pourra peut-être nous aider. Il faut que je l'appelle avant.

Je n'ai plus de portable depuis que je l'ai cassé et Alice, qui vit recluse au Pays basque, est allergique aux technologies… En bois, marron, un train de marchandises passe devant nous. Alice en profite pour observer sa paupière gonflée dans la glace du pare-soleil. Le moustique de cette nuit a fini par avoir sa peau. La mienne à l'heure actuelle ne vaut pas un clou. À vrai dire plus rien sans Alice… Et l'idée de n'avoir plus qu'elle au monde n'est pas forcément pour me réjouir…

*

J'ai toujours eu des amies filles, depuis le collège. Elles sont quand même moins connes que les garçons qui, surtout à cet âge-là, ne se déplacent et ne pensent qu'en groupe.

On s'est rencontrés aux Vieilles Charrues, pendant le concert de Noir Désir ; Alice dansait sous la lune, juste à côté de moi, et la sueur qui perlait sur son visage était comme si « ces petites bulles pleines de rien voulaient se crever enfin... ». Il faisait beau ce soir-là, Alice m'adressa la parole comme si on se connaissait, l'occasion de partager une bière à la fin du concert et quelques *punch lines* du même esprit. Il y a des gens avec qui on sympathise au premier regard, sûr d'appartenir à la même famille, c'était le cas. Alice se cachait déjà derrière un humour-carapace qui la rendait originale et un brin mystérieuse. Il peut y avoir de l'amitié dans l'amour, rarement l'inverse. Il n'a de toute façon jamais été question de sortir ensemble ; je ne considère pas les femmes comme des cibles potentielles, même si Alice est une jolie fille dans son genre – il faudrait juste qu'elle fasse un minimum d'efforts, ce qui ne semble pas sa priorité en ma présence. Qu'importe. Séparés par les kilomètres et le manque d'argent, on a une relation essentiellement épistolaire, « à l'ancienne ». Nous échangeons des jeux poético-libertaires, inventions loufoques ou plastiques qui, si elles ne rapportent rien, comme l'entend notre système capitaliste d'arriérés, ne sont pas sans créer une relation forte entre nous, décalée certes, mais gratuite, sans calculs. Il faut savoir ce qu'on veut dans la vie. Chômeur longue durée, je mets toute mon énergie dans l'élaboration de mon fanzine, *L'Ankou Magazine*, ha ha, que je vends les jours de marché aux Lices. Ça paie les huîtres et le vin blanc au Chantier, le bar en bas de la place.

Je n'ai pas une grande considération pour l'argent, même si je pense un peu trop souvent à la façon de payer mon loyer.

« La galère de l'existence n'a rien de métaphysique, elle impose la réalité cruelle d'avoir à ramer sans trêve et de garder le cap avec un gouvernail désaxé », rappelait Raoul Vaneigem. J'ai beau déconner (« sortir du sillon », selon Deleuze), je n'ai pas choisi le titre du fanzine au hasard – chez les Bretons, l'Ankou est un peu le diable, l'ange de la Mort qui frappe aux portes la nuit. J'ai connu de vieilles Bigoudènes qui se signaient à l'évocation de son nom. Une façon de dédramatiser mon enfance de sauvageon. Fatalement, mon instinct de mort s'est un peu trop développé – je regarde des films noirs, lis des romans noirs, des trucs désespérant comme *Le Monde diplomatique* ou des essais sur le suicide de l'humanité, cette espèce vouée à disparaître de la surface de la Terre pour son plus grand bénéfice –, mais j'ai trouvé en Alice l'arc de vie qui envoie mes flèches le plus loin possible. Une fille douée d'ordinaire… Que lui est-il passé par la tête en m'offrant ce revolver ?

La voilà qui revient du bar de bord de route où, après un stop aux toilettes, elle a passé son fameux coup de fil.

— C'est bon ! dit-elle en se jetant sur le siège. Il nous prête sa maison.

— Tu lui as dit quoi, à ton copain d'enfance ?

— Que j'étais avec mon nouveau mec, répond Alice.

— Lequel ?

— Oh ! faut pas exagérer : je ne couche pas si souvent que ça !

Elle ment. Dès qu'Alice parle d'un mec, elle a couché avec. Je ne suis pas jaloux. D'abord parce qu'on est amis, et puis la jalousie est une maladie à fuir comme la peste. J'ai déjà suffisamment de tares comme ça.

— Il n'a pas posé de questions ?

— Non. Il est amoureux de moi, dit-elle en guise d'explication.

— Je croyais que c'était un copain d'enfance ?

— Oui oui, aussi. On jouait aux petits cailloux ensemble…

— Aux petits cailloux ?

— Oui. On prenait les cailloux qu'on avait sous la main et on s'inventait des histoires avec. Des histoires de petits cailloux.

Je la regarde d'un air suspicieux.

— Il a pu changer.

— Ne t'en fais pas pour ça.

Philippe Mavel, le type qu'elle vient de joindre au téléphone, part, paraît-il, le jour même pour un stage de zen à Angers, nous laissant sa maison à partir d'aujourd'hui six heures jusqu'à dimanche prochain. Ça nous donne le temps de nous retourner. En tout cas, le départ de ce copain tombe à pic.

Évitant la quatre-voies trop fréquentée, nous traversons la forêt de Paimpont, l'aiguille du compteur rivée sur le quatre-vingt-dix. Je ne pense plus à son histoire de carnet, ni même au revolver sous le siège, je pense à ma sœur, Mathilde…

J'ai fait une demande pour devenir son tuteur à la mort de nos parents, mais je n'étais pas le seul : les Viocs aussi se sont manifestés, soutenant que je n'avais ni les moyens ni la moralité pour m'occuper de la petite. Et la justice leur a donné raison, sous prétexte que je n'ai pas de travail. Quel rapport ? J'ai essayé de revoir Mathilde, au moins pour lui expliquer que je ne la laisserais pas tomber, mais les Viocs n'ont rien voulu savoir : je devais me tenir éloigné d'elle, pour son bien… Quand j'y repense, je ne sais pas ce qui m'a retenu de leur foutre sur la gueule… Où est-elle à cet instant précis ? En colonie ? Chez eux, dans leur maison de La Baule ? Une bouffée d'angoisse me compresse les poumons, qui n'a rien à voir avec la mort du député. Ce n'est pas la première fois que je la ressens quand je pense à Mathilde…

Un pauvre type ayant tordu l'antenne de la Poubelle, nous n'avons pas d'infos à la radio. Les nouvelles sont de toute façon mauvaises. La pendule du tableau de bord affiche six heures trente lorsque, après un long périple sur les départementales du centre de la Bretagne, Alice bifurque en direction de Locmaria-Plouzané.

C'est un village de bord de mer avec ses maisons blanches et ses toits en ardoise, sa crêperie, ses bistrots, son entreprise de travaux publics, Le Petit Coup de pelle, ses menhirs, son pigeonnier en ruine, son fort à l'abandon et ses batteries commandant la pointe où défilent les tankers, sa plage familiale et ses Lions de Trégana, le club de football. La maison de Mavel se situe à la sortie du bled, près des menhirs susnommés, à l'abri d'un bosquet d'acacias qui borde la départementale.

— On sera tranquilles ici, dit Alice en claquant la portière.

La pelouse du jardin laisse à désirer mais il n'y a pas de riverains. Des grains de sable sont éparpillés sur le paillasson : dessous, la clé de la maison. Je pose les sacs de victuailles sur les dalles, évalue le jardin :

— Et si la police apprend qu'on est ensemble ? Ils vont peut-être savoir que tu es là…

— Allez entre.

*

Les papillons de nuit se suicident avec énergie à la lumière de la terrasse. Bien qu'affamé par cette journée de jeûne, j'ai à peine touché aux rougets d'Alice : il y a le député assassiné, la police à nos trousses, Mathilde dans la nature et ce maudit revolver entre nos mains.

— Maintenant il serait temps que tu m'expliques, dis-je. C'est quoi cette histoire de mode d'emploi ?

Deux soleils noirs luisent dans mes pupilles. On joue notre amitié dans cette affaire : ça me rend nerveux. Alice redresse son mètre soixante-dix, évite mon regard chargé de reproches et file vers le salon, emportant une cigarette et une bonne quantité de mystère féminin.

Quand elle réapparaît, la boîte à chaussures trône dans ses mains.

— Tiens, dit-elle en la posant sur la table. Tout est là.

J'ôte le carton. Sur le livre de Lacenaire, quatre balles ricochent dans les coins de la boîte. La trousse est devant moi, avec le revolver, mais je n'ai pas envie d'y toucher, comme si j'allais encore faire des conneries.

— Sous le livre..., précise Alice.

Caché sous les *Mémoires* de Lacenaire, il y a un petit carnet. Bleu. Sur des petits papiers collés sur la couverture, on peut lire : *Activité ludique à hauts risques pour un été maussade ou Rachetez-vous une âme en cinq coups.*

Je fronce les sourcils :

— Qu'est-ce que c'est que ça ?

Alice a l'air embarrassée :

— Eh bien, lis...

J'ouvre le carnet bleu, comme ses yeux...

Aujourd'hui c'est votre anniversaire. Peut-être certains de vos amis vous ont-ils ménagé une petite surprise ? Sans vouloir vous surcharger d'efforts, nous vous prions de bien vouloir remplir ce questionnaire (même si vous pensez que, dans le fond, c'est un jour à la con)...

1. Croyez-vous que ce jour soit l'occasion de :
a) tout envoyer promener
b) faire un bilan
c) s'allonger au soleil, s'il y en a, et ne penser à rien
d) prendre une bonne cuite
e) disparaître
f) ressortir du placard ses jouets d'enfant
g) s'inscrire à un stage de « cri primal »
h) jouer le jeu.

2. Pensez-vous qu'au cours d'une telle journée l'on puisse décider de changer tout, ou au moins sa vision du monde ?
a) c'est le jour ou jamais
b) ne préfère pas en parler
c) jour à la con, rien à en tirer
d) qu'est-ce qu'elle a, ma vision du monde ?

3. Maintenant imaginez : vous recevez pour cadeau d'anniversaire une boîte à chaussures dans laquelle vous trouvez : deux pinces, un livre, une épingle à chapeau, un crayon bic, un paquet de feuilles à cigarettes, un revolver et cinq balles. De quel ordre est votre surprise :
a) je reste sans voix
b) je n'en attendais pas moins
c) je me suis trompé d'ami(e)

d) je rentre dans une colère noire

e) je n'ai aucune imagination

f) qu'est-ce que c'est encore que cette connerie ?

4. Vous choisissez de prendre le revolver pour :

a) tuer tout le monde

b) essayer d'impressionner vos amis et surtout vos ennemis

c) amuser la galerie

d) le porter sur vous, car il vous donne de l'importance

e) le transformer en vase

f) dire que vous êtes désolé mais ça ne colle pas du tout avec votre look

g) enfin comprendre qu'il s'agit d'un jeu.

5. Vous avez avoué plus haut que cet anniversaire pouvait être le moment de faire un bilan, tout au moins de jouer le jeu.

a) vous attendez que les objets enfermés dans la boîte à chaussures s'animent et vous révèlent votre mission

b) vous êtes sûr d'avoir reçu la panoplie du justicier, type Cluedo, en plus mystérieux

c) vous faites le bilan en réécrivant votre vie dans le livre ci-joint (l'épingle à chapeau vous sert à vous creuser la tête), vous l'attachez à une ficelle pour être sûr qu'il ne puisse plus bouger, vous testez sa rigidité avec la pince avant de vous décider à l'achever avec les cinq balles.

d) vous comprenez que cette arme est un moyen d'assassiner vos pensées parasites, vos sales petits secrets ; vous pourrez ainsi les inscrire sur les papiers à cigarettes, dégoupiller les balles en vous aidant de la pince, bourrer les petits papiers à l'intérieur grâce à l'épingle à chapeau, puis refermer le tout, choisir un endroit désert pour cracher votre Valda et enfin passer à l'acte…

Je referme le carnet, soupire comme un dragon. De l'autre côté de la table, Alice guette ma réaction.

— Tu n'aurais pas pu me donner ça avant ?

— C'était dans la boîte à chaussures, sous le livre, dit-elle doucement. C'est toi qui ne l'as pas vu. Depuis le temps, je croyais que tu savais…

— Que je savais, que je savais…, je maugrée au lieu de lui casser la gueule. Bon Dieu, ton jeu a vraiment mal commencé, Alice.

À croupetons sur sa chaise, elle se réchauffe les bras dans la brise bretonne.

— Ça consiste en quoi exactement, ton truc ? relancé-je. Une confession sur papier ?

— Si on veut… Ça te fait peur ?

Je ne réponds pas. Pas tout de suite. L'idée d'envoyer des petits papiers au diable me paraît déplacée.

— Tu aurais mieux fait de m'offrir un tir au pigeon, grogné-je. C'est nul comme jeu mais c'est moins dangereux.

Alice sourit du bout des lèvres. Oscillant entre la colère et une forme de soulagement, je relis la couverture du carnet : *Activité ludique à hauts risques pour un été maussade ou Rachetez-vous une âme en cinq coups.*

Le mode d'emploi du revolver.

Je jette un regard noir à la fille qui grelotte sur sa chaise.

— Putain, c'est ça que tu appelles s'envoyer en l'air ?

5

Un arrière-goût de Fuego

Une campagne monotone défilait derrière les verres fumés. Luis conduisait la BM, un cure-dent à la bouche qu'il mastiquait depuis le Pays basque. Assis à ses côtés, Martial consultait la carte détaillée de la région. C'était bien le diable s'ils avaient échangé deux mots depuis le péage et l'Espagnol ne semblait guère disposé à épiloguer sur les raisons qui les avaient menés là. Bon sang, se disait Martial, qu'est-ce qui avait bien pu passer par la tête d'Alice ?

Au départ, Luis ne devait rester que quelques jours en planque chez lui, à Bayonne : après l'opération de la semaine dernière, il valait mieux se mettre au vert et attendre les nouvelles avant de repartir pour l'Espagne. Dès son arrivée, Martial avait été impressionné par le calme de Luis, sa silhouette de matador, ses longs doigts manucurés et le gros revolver qu'il conservait dans son bagage. Les deux hommes ne s'étaient jamais rencontrés.

Luis, prudent, avait seulement déclaré être originaire de Donostia – San Sebastián pour les autres. Il était rarement sorti du pavillon et toujours pour des raisons non évoquées, gardant le silence sur ses activités, ses contacts à l'extérieur, jusqu'à l'arrivée de la sœur de Martial, Alice.

Elle qui ne passait presque jamais chez lui trouva ce moment précis pour venir lui empoisonner l'existence. Martial avait bien tenté de lui expliquer qu'elle ne pouvait pas rester, qu'il hébergeait quelqu'un d'important, Alice fit comme d'habitude son petit numéro.

L'Espagnol n'avait pas tardé à se détendre, puis à s'intéresser, voire à carrément se laisser aller : ils avaient bu une première bouteille quand il lui proposa de dîner en leur compagnie. Martial n'était pas chaud mais Luis avait prononcé plus de mots en une heure avec sa sœur qu'en trois jours avec lui. À table, et à sa plus grande surprise, Alice parla de ses amis de Jaraï, l'organisation de jeunesse des radicaux, et de l'exposition qu'elle préparait en vue de défendre la « cause ». L'autre opinait du chef, appréciant visiblement ses connaissances, le vin de pays et ses yeux bleus.

À la deuxième bouteille, ceux de Luis brillaient comme des pleines lunes. Tous les mecs tombaient dans le panneau… Martial les abandonna à la troisième et partit se coucher en maudissant sa sœur.

Il ne sut jamais ce qui s'était passé après le repas, ce qu'ils avaient bu ou fait, mais au matin, Alice avait disparu et Luis s'était réveillé sans son arme. Ça ne lui avait pas du tout plu.

« Retrouve-la et vite », avait-il dit dans ce qu'il

fallait bien prendre comme un ultimatum. À trois semaines d'une opération préparée depuis des mois, il était en effet hors de question de laisser son revolver dans la nature – et encore moins d'en informer ses supérieurs…

Aujourd'hui encore, Martial se demandait pourquoi Alice s'était enfuie avec le revolver d'un activiste, et ce qu'il faisait là, lui, à la poursuivre, alors qu'il n'avait jamais rien compris à sa sœur.

Rien.

Ils avaient été séparés à la mort de leur mère. Quand leur tante s'était décidée à la rapatrier, il avait déjà ses habitudes au pays et à dix ans, elle était déjà irrécupérable : Alice n'en faisait qu'à sa tête. Le genre d'élève à se retrouver, la même année, à la fois première et dernière de classe – avec le sourire par-dessus le marché. Alice semblait vivre de l'air du temps mais sous ses allures d'ange en cavale, Martial s'en méfiait. Car si lui ne comprenait rien à sa sœur, Luis, très à cheval sur l'honneur et la famille, le tenait en partie responsable du vol.

— Retrouve-la, avait répété Luis.

Pas besoin d'être neuropsychiatre pour saisir la menace.

Après une fouille minutieuse de l'appartement de sa sœur, Martial avait interrogé ses amis, sans succès : visiblement, Alice avait quitté la ville.

Ils dénichèrent sa piste trois jours plus tard – un aller simple pour Rennes, pris en gare de Biarritz…

La BM roulait maintenant à vive allure sur la

quatre-voies. Encore quelques kilomètres et ils arriveraient dans la capitale bretonne. Il aimait bien sa BM. C'était une 520i grise, avec six cylindres qui ronronnaient à ses pieds. Confortable, spacieuse, puissante, la berline avait en prime des papiers en règle et une excellente tenue de route. Luis ralentit à l'abord des grandes surfaces qui délimitaient les faubourgs de la ville et, pour la première fois depuis Niort, se tourna vers son passager.

— Et si ta sœur n'est pas chez le type ?

Martial esquissa une grimace d'impuissance. Évidemment, il avait songé à cette éventualité.

— J'ai retrouvé du courrier à lui chez elle, dit-il. Je crois que c'est la seule personne qu'elle connaisse ici.

Luis n'avait pas l'air convaincu.

— On sait ce qu'il fait au juste, ce Le Cairan ?

— Bah, il édite une revue, une sorte de fanzine… Alice lui envoie régulièrement ses photos. Je crois aussi qu'elle s'occupe des illustrations.

Luis cracha par la vitre tandis qu'ils dépassaient les barres de HLM des quartiers sud.

— Ta sœur, de quel bord elle est au juste ?

Martial fit la moue : gamine, Alice préparait souvent à manger pour les sympathisants en réunion de cellule chez leur tante, mais si elle avait été bercée par la politique, elle semblait s'en soucier comme de l'horoscope. C'est pour ça qu'il avait tiqué quand elle avait parlé de son expo avec les gens de Jaraï… Ils atteignaient le centre-ville. Penché sur son plan, Martial indiquait le chemin.

— La rue Duguesclin est à droite, après la cathédrale, dit-il. Le type habite au numéro 3… Qu'est-ce qui se passe maintenant ?

Sa voix chevrotait légèrement : le Basque lui avait dit qu'il récupérerait son arme, il n'avait pas dit comment.

— J'aviserai, répondit-il d'une voix blanche.

Son visage se figea tout à coup : la rue en question était infestée de policiers. Des barrières de sécurité bloquaient le passage tandis que des inspecteurs en civil claquaient les portières des véhicules banalisés. La BM empiéta sur le trottoir.

— Va voir ce qui se passe ! siffla Luis.

Quand Martial revint deux minutes plus tard, il était blême.

— Un député a été assassiné, dit-il dans un souffle. Hier soir, à son domicile : au numéro 3.

Luis resta un instant sans voix, le temps de faire le rapprochement, puis il se fendit d'un rictus amer : dans sa bouche, comme un arrière-goût de Fuego…

6

En chasse

Nietzsche reposait, le ventre ouvert, sur la moquette du vingtième étage :

> *Je déteste autant de suivre que de conduire. Obéir ? Non ! Et gouverner ? Jamais ! Celui qui n'est pas terrible pour lui n'inspire la terreur à personne. Et celui qui inspire la terreur peut conduire les autres. Je déteste déjà de me conduire moi-même ! J'aime, comme les animaux des forêts et des mers, à me perdre pour un bon moment, à m'accroupir, rêveur, dans des déserts charmants, à me rappeler enfin, moi-même, de loin, et à me séduire moi-même.*

Mc Cash relut « Le Solitaire » pour la quatrième fois de la journée. Nietzsche lui causait des soucis : c'était un homme dangereux, un homme qui n'avait pas peur de la force. Il aurait dû pourtant. Pourquoi, comment, le borgne n'en savait rien : du haut de sa paille vert fluo, les êtres humains lui paraissaient bien petits. Il aspira un rail de cocaïne pour passer le goût des amphétamines.

Mc Cash avait toujours eu une vie foutraque, baroque, pour ainsi dire sans queue ni tête. Ses parents s'étaient rencontrés dans un festival interceltique, bourrés sans doute, un coup de foudre ou de biniou qui lui avait valu de naître en Bretagne un an plus tard. De sa mère quimpéroise, Mc Cash avait gardé les yeux bleus et c'était à peu près tout – elle était pieuse depuis la fausse couche tardive de ce qui aurait dû être son frère, soumise à son père, Sean, un Irlandais catholique de Belfast qui jouait du violon comme un dieu grec en pleine orgie et fricotait avec l'IRA malgré ses ascendants écossais. La famille avait migré en Irlande du Nord, où la bière et les sorties entre hommes avaient eu raison de leur couple, mal assorti depuis le début.

Trimballé de maison de briques rouges en maisons de briques rouges, Mc Cash avait appris à se battre dans la rue, à détester l'Anglais en uniforme, cette saloperie de Thatcher qui laissait les prisonniers politiques mourir de faim dans ses prisons aux murs couverts de merde pour protester contre leurs conditions de détention. L'histoire de Bobby Sands avait fait le tour des blocks, ces quartiers tristes de Belfast où Mc Cash avait vite perdu son accent frenchie. Sa mère était morte l'année de ses seize ans, de chagrin sans doute, comme si elle ne s'était jamais remise de la mort du bébé.

« Elle chiale tout le temps », disait son père pour justifier ses soûlographies avec les copains.

Sean laissait croire qu'il retrouvait des cellules clandestines de l'IRA mais Mc Cash n'était pas dupe : les vêtements de son père puaient la bière et le parfum bon marché dont les femmes de là-bas s'aspergeaient pour vaincre l'ennui. Un violon attendait Sean dans chaque bistrot du quartier, où tous ces poivrots d'Irlandais se réunissaient pour chanter à tue-tête leur future liberté.

C'est dans l'un d'eux que Mc Cash avait reçu le coup de crosse qui allait le rendre borgne… De l'histoire ancienne, comme la mort de son père – Sean était tombé d'un lampadaire un énième soir de beuverie, sur la tête d'après les témoignages, sans avoir refait sa vie malgré son veuvage et les filles de bar qui glissaient entre ses cordes. Pour refaire sa vie, il aurait d'abord fallu en faire quelque chose, initiative qui n'avait jamais été dans les plans de Sean Mc Cash. Un putain de poivrot, voilà ce qu'était son père, toujours prêt à chanter la vie qui fuyait sous ses yeux embués et commander une autre tournée pour oublier… Une Bretonne catho et un Irlandais saltimbanque et alcoolo, tu parles d'un atavisme. Mc Cash n'avait pas attendu le décès stupide de son père pour migrer vers d'autres cieux, en l'occurrence vers sa seconde patrie. N'y connaissant personne, il s'était noyé dans la capitale, avait repris des études de droit (« Tous les connards font du droit, se disait-il, ou des écoles de commerce pour apprendre comment léguer à nos enfants le système qui les détruira »). Était-ce par pur esprit nihiliste qu'il avait passé le concours d'inspecteur de police ?

Mc Cash avait dressé la liste des raisons qui l'avaient poussé à devenir flic.

1. Mettre un peu d'ordre dans sa vie foutoir.

2. Gagner un peu de fric sans trop se fouler.

3. Taper sur des gens.

4. Se procurer de la dope gratis.

5. Faire des cartons avec un Magnum (avec un gros calibre, lui qui n'y voyait à moitié rien avait plus de chances de toucher sa cible).

6. Par soif d'aventures autres que sexuelles.

7. Sodomiser des fliquettes (Mc Cash avait lu deux fois de suite *La Philosophie dans le boudoir*, de loin le meilleur Sade, et depuis pratiquait volontiers la pénétration anale).

8. Par laisser-aller.

9. Par provocation.

10. Pour, plus tard, faire enrager Angélique, laquelle, féministe à tendances social-défense-des-minorités, marchait à tous les coups.

Mais aucune de ces raisons ne le satisfaisait. Mc Cash était pourtant un bon enquêteur pour peu qu'il y mette du sien, beaucoup plus intelligent qu'il le laissait croire, il n'avait pas froid aux yeux et se fichait des balles perdues comme de sa première bière irlandaise. Il lui manquait une vraie motivation, pour la police comme pour le reste. Sa damnation.

Le borgne avala une gorgée de whisky en l'honneur de rien du tout, frotta ses cheveux pas coiffés, chassa ses pensées parasites et jeta un œil aux papiers officiels étalés sur la moquette du salon.

Par une sorte de curiosité et sans prévenir sa

supérieure hiérarchique, Mc Cash s'était procuré le dernier rapport de police concernant le meurtre du député qui défrayait la chronique. D'après celui-ci, Philippe Longemoux avait été touché au cœur, blessure qui avait provoqué la mort, quasi instantanée. L'homicide avait eu lieu au domicile de la victime dans la nuit de samedi à dimanche, à trois heures et quart du matin, sans qu'aucun témoin n'ait pu établir le portrait d'un suspect.

Une locataire de l'immeuble (Gwenaëlle Magadec) avait cru entendre un bruit de portières et le départ d'une voiture, mais rien de très fiable. Selon les premiers éléments de l'enquête, un seul coup de feu aurait été tiré, de la rue, alors que la victime se trouvait derrière la fenêtre du salon.

D'après l'expertise balistique, l'arme du crime, de calibre .44, était probablement issue du lot de Smith & Wesson détourné quinze jours plus tôt au Pays basque espagnol.

À la suite de cette annonce, des unités spéciales avaient été mises en place sous le haut commandement du préfet Basillac. Le meurtre n'avait pas été revendiqué mais on suspectait en priorité l'amitié basco-bretonne et les ramifications entre groupuscules régionalistes extrémistes insoumis à l'autorité de l'État. Le plus intrigant provenait cependant de la balle mortelle : elle avait été percée en son centre, dans le sens de la longueur, probablement par un foret.

À quelle fin ? Le rapport ne le signalait pas.

Rien n'avait été volé, aucun signe d'effraction,

juste un impact de balle dans une fenêtre et des éclats de verre par terre… Bizarre…

Mc Cash ne croyait pas trop à un acte terroriste : l'Armée révolutionnaire bretonne avait fait sauter plusieurs perceptions, on prêtait des intentions belliqueuses à plusieurs groupuscules régionalistes en plein revival depuis l'avènement de la mondialisation, mais rien à des groupuscules extrémistes. Un règlement de comptes, avec le député Longemoux dans le rôle du Chevalier blanc, exécuté pour avoir mis les pieds où il ne fallait pas ? Un ripou qui n'aurait pas payé sa dette ? On était en Bretagne, pas en Corse… Alors quoi, un déséquilibré ?

Un groupe de noctambules se dirigeait vers le haut des Lices et les bars de nuit adjacents, sous une pluie battante. Rue Duguesclin, au cœur de Rennes. Mc Cash leva les yeux vers le petit immeuble : la fenêtre du député se situait au deuxième étage et selon l'angle de tir de l'expertise, le tueur devait se trouver approximativement ici, au milieu de la rue, bras tendu dans un angle de quarante-cinq degrés afin d'atteindre sa cible… Un vrai travail d'amateur, mais un sacré bon tireur…

Mc Cash composa le code d'accès et grimpa au troisième étage. Pas un bruit sur le palier. Après un moment d'hésitation, il décida de s'introduire par effraction chez Le Cairan afin de chercher un moyen de le joindre plutôt que de demander une commission rogatoire pour perquisitionner : la commissaire avait d'autres lièvres et il fallait qu'il réponde à sa nouvelle liste, écrite sur son carnet rouge.

1. Le Cairan est-il parti en vacances comme le prétend sa voisine ?

2. Est-il rentré chez lui samedi soir ?

3. Si oui, a-t-il vu quelque chose ayant rapport au meurtre du député ?

4. Dans ce cas, pourquoi ne répond-il pas à l'appel à témoins ?

Rodé aux délits mineurs, le policier n'eut aucun mal à forcer la porte de l'appartement – la serrure était d'un modèle courant et le locataire n'avait pas fermé à clé.

Le Cairan habitait un petit deux pièces « avec poutres », soit quarante mètres carrés répartis en une grande cuisine mal épongée et une chambre non rangée. Rapide panoramique sur la cuisine : un vieux fauteuil, trois chaises dépareillées, une table de bois miteuse, une étagère où trônait une batterie de verres à vin, seuls survivants d'une vaisselle ébréchée à coups de canon. Par terre, du linoléum. Rien d'original, pourtant Mc Cash ressentit un étrange pressentiment. Les choses étaient à leur place sans vraiment l'être, comme un manque d'harmonie… Dans l'entrée, une glace poussiéreuse où il croisa son visage émacié. Scotchée à la porte, la couverture d'un vieux *Paris-Match* où Michel Sardou pleurait la mort de sa mère, un micro à la main, avec la légende « Maman ce soir c'est pour toi que je chante ».

Un rigolo, ce Le Cairan… Mc Cash poussa la porte de la chambre, inspecta les lieux. Le lit était défait ; des vêtements traînaient sur la moquette, des livres, des papiers, le tout éparpillé aux quatre coins de la pièce. Petit picotement dans le cœur. Cette fois-ci, c'était plus qu'une impression : l'appartement avait été fouillé.

Les types de la DST ? Pour quel motif ? Quelqu'un était venu ici, quelqu'un qui cherchait quelque chose. Quoi ? Dans un tiroir de la table de nuit, il trouva un couteau à cran d'arrêt. La lame était comme neuve. Sur le bureau, un sachet de cannabis. Il sentit. De la locale. Laissa. Continua à fouiller. Dans un placard, la télé : petite, grosse, sale, couleurs. Par terre, un vieux magnétoscope, branché. Mc Cash s'agenouilla et jeta un œil aux papiers répandus sur la moquette. Courriers bancaires, rappels d'amendes impayées concernant une 504 Peugeot, convocation à la CAF pour des documents manquants, on trouvait un peu de tout. Il remarqua alors les lettres éparpillées alentour : des lettres manuscrites. Les formes étaient variées mais l'écriture identique. Toutes signées « Alice ».

Le borgne en survola quelques-unes et, n'y comprenant rien ou presque, abandonna : il venait de repérer la pile de fanzines sous le bureau. Des exemplaires invendus, visiblement. Il en prit un au hasard, lut le titre, *L'Ankou Magazine*, puis le nom de Le Cairan comme rédacteur. Il parcourut les pages du fanzine, une sorte de brûlot contestataire avec collages alambiqués, détournements de pubs et autres photomontages plutôt marrants qui rappelaient les revues situationnistes sans l'imaginaire post-marxiste.

Il trouva deux sacs de voyage dans un coin, l'un vide, l'autre abritant des affaires féminines. D'autres affaires d'été gisaient près du lit, comme si on les avait jetées. Parmi elles, un passeport… Si Le Cairan était parti en vacances, il n'avait pas quitté la France.

La vieille dame qui partageait le deuxième étage avec le député Longemoux n'apporta guère plus d'éléments ; selon elle, le « pauvre M. Longemoux » était un homme « courtois » pour ne pas dire « parfaitement bien élevé », et sa femme très « comme il faut ».

— Et Frédéric Le Cairan, vous le connaissez ?

— Bah ! Pas plus que ça, répondit la voisine. Il dit bonjour, c'est déjà ça.

— C'est-à-dire ?

— Vous savez comment sont les jeunes d'aujourd'hui : toujours à écouter leur satanée musique avec des écouteurs dans les oreilles.

— Ça vous dérange, la musique ?

— Bah, tant qu'il ne la met pas à brailler la nuit…

— Il a une petite copine ?

— Je vois passer des jeunes femmes dans l'escalier, mais de là à savoir qui reste chez lui… Les jeunes ne se marient plus aujourd'hui, ils préfèrent regarder des films porno ! s'emballa la vieille dame.

— Vous parlez de films porno avec Le Cairan ?

— Oh ! Je ne lui permettrais pas !

— Vous ne l'avez pas vu avec une fille samedi ?

— Hum… Non.

— Des problèmes de voisinage ?

— Avec M. Cherroui, ça crie ! Ils ne font que s'engueuler.

— Pourquoi ?

— Des trucs à propos du parking.

— Et des hommes ? Personne n'est venu depuis chez lui ?

— Des homosexuels, vous voulez dire ?

Mc Cash prit congé. Cette vieille lui fichait le cafard avec ses bas plissés, ses napperons et ses considérations moisies.

*

Le lundi suivant, la petite machine de guerre commença à donner ses premiers résultats : il eut d'abord accès au compte courant de Le Cairan, une simple entorse au règlement. Après examen des dépenses, il apprit que celui-ci avait retiré de l'argent avec sa carte bleue au Crédit Agricole de Cancale, le samedi du meurtre, à 17 heures 42. Somme retirée : cinquante euros.

De lui, Mc Cash savait peu de choses, sinon qu'il échangeait un courrier impressionnant avec une certaine Alice, laquelle semblait fournir l'essentiel des photos parues dans *L'Ankou Magazine*. Alice Arbizu – il avait lu son nom dans l'ours du fanzine.

Arbizu. Un nom basque. Comme la piste du préfet. Une fille, la propriétaire du petit sac de sport ? C'était un peu maigre mais après un supplément d'informations, la nouvelle tomba sur son neuroscripteur : Alice Arbizu était avec Frédéric Le Cairan. (Distributeur du Crédit Agricole de Cancale, samedi 27 juin, 17 heures 43. Somme retirée : cent euros.)

Puisque Le Cairan ne semblait plus utiliser sa carte bleue depuis son retrait à Cancale, Mc Cash fit vérifier les dépenses de la fille : ainsi on retrouvait sa trace, d'abord à la station-service Total, le 2 juillet, puis à la poissonnerie L'Arrivage de Saint-Renan, enfin à la Caisse d'Épargne du Conquet (le 4 – retrait d'argent liquide : cinq cents euros)… Saint-Renan, Le Conquet : la pointe du Finistère. Ils traînaient peut-être encore dans les environs.

La ville du Conquet appartenant à la communauté de communes du pays d'Iroise, Mc Cash demanda aux gendarmes des environs de le renseigner sur la présence d'une 504 bleu métallisé immatriculée 6667 ND 35 dans la région. Il poursuivait ses recherches de son côté quand la nouvelle tomba : le garagiste d'un village voisin affirmait qu'une 504 répondant au signalement était bien en réparation chez lui. Nom du bled : Locmaria-Plouzané.

Mc Cash partit en chasse.

7

À la belle étoile

« Bonjour monsieur Le Cairan ! Alors, comment allez-vous monsieur Le Cairan ? Bonjour monsieur Le Cairan ! Alors, comment allez-vous monsieur Le Cairan ? »

Un sourire électoral plaqué sur les lèvres, Philippe Longemoux répétait sans cesse les mêmes paroles, poignée de main à l'appui, comptine lugubre résonnant dans ma tête d'égaré. Je le regardais, effaré, dans la situation de celui qui retient son souffle en se demandant s'il pourra de nouveau respirer. Le député n'arborait plus le pyjama à rayures qu'il portait la nuit de sa mort mais un costume bleu nuit impeccable assorti à une cravate jaune pâle du plus bel effet : « Bonjour monsieur Le Cairan ! Alors, comment allez-vous monsieur Le Cairan ? » Il s'adressait à moi comme à un vulgaire électeur, sans même attendre de réaction, il me parlait le plus naturellement du monde alors que, bon Dieu, il voyait bien la balle dépasser de sa putain de chemise blanche !

Il y avait le trou laissé par l'impact et le petit

bout d'acier qui débordait de la chair boursouflée, retournée, juste au niveau du cœur, la balle qui montrait sa méchante gueule ensanglantée pendant que l'homme souriait, serein, sans peur, presque innocent... « Bonjour monsieur Le Cairan ! Alors comment allez-vous monsieur Le Cairan ? »

Le rêve me poursuit depuis le réveil, me colle aux basques comme un vieux chewing-gum. Même mes métaphores ne valent pas un clou, moi qui me targue d'être un littéraire – j'ai eu mon bac L grâce à l'option cinéma, comme quoi ça valait le coup d'y aller (ce n'est pas les parents qui allaient m'inciter à me lever ce jour-là). Je fume une cigarette à leur santé, vu qu'ils sont morts, déchiffrant l'horizon breton de Locmaria-Plouzané.

Dans le port à marée basse, les bateaux dorment sur la quille. Des gens, peu. Tombée sur le toit du ciel, la chape de nuages gris se fond dans l'océan vert émeraude. Installé à la terrasse du bistrot, je repousse le journal, dégoûté – le goût de moi s'est évaporé depuis un moment. Je n'ai pas dormi de la nuit, ou alors pour sombrer dans ce maudit cauchemar qui depuis me suit de la chambre à la salle de bains, de l'escalier à la cuisine, sur la terrasse où nous avons déjeuné avec Alice, et jusque dans la mousse de ma bière. En page 2 du *Télégramme*, on ne parle plus que du meurtre du député. Des spécialistes de l'antiterrorisme sont sur l'affaire, toutes les pistes seront vérifiées, les filières remontées, c'est marqué noir sur blanc par l'éditorialiste.

Les mouettes qui festoyaient dans la vase tournoient au-dessus de moi comme des oiseaux de mauvais augure. Je suis seul sur la terrasse, Alice est partie « faire les boutiques » dans le petit centre-ville – nos sacs de voyage étant restés chez moi, nous n'avons rien à nous mettre. J'en profite pour relire le carnet-mode d'emploi du revolver…

Il consiste en quoi au juste, son jeu ? Une espèce d'auto-analyse à la tire-moi dessus ? Si Alice est la championne des jeux de plage dadaïsto-lacaniens, les flics ne croiront jamais à notre histoire…

J'achève ma bière en considérant d'un œil torve les mouettes qui ricanent au-dessus du port. L'océan a beau m'aguicher avec ses reins d'écume, le visage du député prend tout l'espace. Passant à hauteur, une mouette me conspue.

Connasse.

J'aperçois Alice qui descend la rue vers le bar de bord de mer, silhouette informe dans son pantalon trop grand. Son nouveau tee-shirt, en revanche, lui va bien.

— Alors, il y a des nouvelles ? elle demande.

— La DST est sur le coup, dis-je en désignant le journal sur la table.

— Tu croyais quoi, qu'ils allaient envoyer Rintintin ?

Comme la patronne du café approche, Alice commande un verre de vin blanc. Du coup moi aussi. Un double.

— Ils ont des témoins ?

— Non. Enfin, ils n'en parlent pas…

— C'est déjà ça, dit-elle, stoïque.

— Parce que avec la DST au cul, tu t'imagines qu'on va s'en sortir ?

— Ça dépend.

— De quoi ?

— De toi, évidemment.

— Ce n'est pas moi qui vais décider de mon sort, Alice. Les flics vont me tomber dessus, et je vais en prendre pour vingt ans.

— La petite, tu y as pensé ?

Mathilde…

— Qu'est-ce que ma sœur a à voir avec tout ça ?

— C'est une bonne raison de vivre, non ?

*

Alice attrape le cerf-volant posé sur la banquette arrière, tripote les longs rubans de papier bleu et blanc – un cadeau pour la petite, que nous venons de casser un peu plus tôt sur la plage de Brignogan, lors de son premier test de vol. La Poubelle roule à allure modérée sur la départementale.

— Au fait, tu sais où elle est, ta sœur ?

— Mathilde ? Non, je réponds. À mon avis, elle doit être quelque part chez les grands-parents à La Baule.

Alice déplie les ailes du cerf-volant. Les yeux dans le vide des panneaux Leclerc, je songe à ma petite sœur que je n'ai pas su protéger de ma famille véreuse, aux courses contre l'écume qu'on ne courrait pas ensemble, quand une BM nous dépasse, manquant de percuter le camion qui vient en sens inverse.

— Abruti…, maugréé-je.

Absorbée par sa réparation, Alice n'a pas vu le chauffard. Voilà six jours que nous vivons à Locmaria-Plouzané, dans le pavillon d'un ami inconnu qui s'expose à une inculpation pour association de malfaiteurs – ou quelque chose comme ça. Égrenant ses petits sanglots crasseux, la Poubelle amorce une courbe. Alice évalue les dégâts de sa dernière confection :

— Il me faudrait de la colle, dit-elle.

Je jette un œil sur le jouet.

— On en trouvera dans un point presse…

Mes yeux s'agrandissent alors : au bout de la ligne droite, face à nous, une voiture roule à tombeau ouvert, au beau milieu de la route. Une voiture grise : celle qui nous a dépassés tout à l'heure ? J'envoie une série d'appels de phares mais le bolide se rapproche à grande vitesse sans rien changer à sa trajectoire. Putain de connard. Cinquante mètres. Sentant le danger, Alice oublie le cerf-volant :

— FRED !

Je vois bien, bon Dieu, qu'on va le percuter ! Le chauffard ne ralentit pas : trente mètres, vingt, j'enfonce la troisième, donne un coup de volant sur la droite et coupe ma respiration sous les cris d'Alice. La mort est juste en face, à une fraction de seconde. Un choc bref et violent nous envoie valser. La Poubelle empiète sur le bas-côté, chasse sur l'herbe, commence à déraper et, frôlant le fossé, reprend de l'adhérence sur l'asphalte, zigzague une poignée de secondes avant de continuer sa route, bordée de genêts. Un miracle.

— PUTAIN DE MALADE !

Les mains encore rivées sur le volant, j'expulse ma peur à pleins poumons. À mes côtés, Alice a pâli. La Poubelle, elle, avance comme s'il ne s'était rien passé. Nous sommes vivants : incroyable… Les jambes flasques, le cœur au galop, des picotements dans le dos, un vague brouillard sur la perception des choses, je reviens à la vie.

— Ne t'arrête pas, souffle Alice, avant de tendre le doigt. Prends la prochaine à droite. Vite.

J'obéis sans réfléchir. Moi aussi j'ai senti le danger. Le chauffard n'a pas ralenti, il a foncé droit sur nous comme pour nous envoyer dans le décor. Alice jette des regards inquiets vers la lunette arrière.

— C'était la voiture qui nous a doublés un peu plus tôt, dit-elle.

— Je crois aussi. Tu as vu qui conduisait ?

— J'ai aperçu deux types à l'avant.

— Tu crois qu'ils nous en voulaient ?

— Je ne sais pas.

Je peste mais la Poubelle fait un drôle de bruit.

— Je crois que la direction en a pris un coup, fais-je en secouant le volant.

— On n'est plus qu'à cinq ou six kilomètres de Locmaria… Il y a un garage là-bas, on peut la déposer.

L'accident que nous venons d'éviter me laisse un goût désagréable : qui étaient ces types ?

Pas des flics en tout cas… Le garagiste du coin confirme que le pneu avant gauche est crevé, qu'il faudrait repasser demain vers midi.

On rentre à pied à la maison, les jambes encore toutes molles, sans un mot. J'ai un mauvais pressentiment, comme si quelque chose de grave allait se produire. Alice aussi marche en silence, pensive, la tête inclinée vers les coquelicots qui pointent dans les fossés. Ce sont nos fleurs préférées – elles meurent sitôt qu'on les arrache.

Le soir, je trouve ça, papier plié sous mon oreiller :

Désirez-vous renouveler l'expérience ?
[ ] oui
[ ] non
[ ] plutôt crever
[ ] TRM

De quoi parle-t-elle ? De son jeu ? De tuer des gens ? D'échapper à des chauffards ?

Il y a quelque chose qui m'échappe, depuis longtemps sans doute, une force obscure qui m'empêche de me tenir droit sur terre, comme les Indiens qui ont bercé l'imaginaire de ma jeunesse. Il faut que je me sorte de là, du canyon où je me suis enfoncé avec la cavalerie à mes trousses, Alice dans le rôle du pisteur.

Notre relation a changé depuis cette nuit maudite. Ou plutôt je la regarde d'un œil nouveau… Alice a les cheveux bruns, au carré, avec une frange courte coupée un peu n'importe comment – à se demander si elle ne le fait pas elle-même, ou exprès –, ses yeux sont bleu marine mais il ne faut pas s'y tromper : c'est elle qui a ramassé le revolver sur le trottoir, avec mes empreintes, elle qui m'a traîné jusqu'à la Poubelle, elle qui a pris le volant et décidé de fuir plutôt que de me laisser en pâture à la justice. C'est toujours elle qui a trouvé une planque chez son copain d'enfance, le temps de voir comment les choses évoluent. Pourquoi prend-elle tous ces risques ? Par amitié ?

Je la trouve seule, contraceptive, animale et résolue à une discipline de fer. Pas mon style. D'ailleurs nous n'avons jamais beaucoup parlé de nos amours – fulgurantes, interchangeables, saisonnières –, comme si ça ne comptait pas. Je connais ses photos, ses dessins, sa propension à subvertir son entourage avec ses idées tordues, mais à peu près rien de son passé. Je sais juste qu'elle a un frère au Pays basque, où elle « fait des expos ».

Des expos de quoi ? De flingues ?

La lune plie sous le poids des nuages. J'observe les ombres qui dansent au plafond de la chambre, incapable de dormir. La maison de Philippe Mavel est silencieuse, le temps suspendu aux bruissements des arbres et à la rumeur des vagues dans la nuit. Alice dort dans la chambre d'à côté, le vent envoie ses murmures à la mer toute proche, qui me rappelle à Mathilde…

Je songe aux parents, qui n'ont rien trouvé de mieux que de mourir sur l'autoroute du Soleil, à mes autres frères et sœurs dispersés aux quatre vents, à Ivan, le cadet de la fratrie, Ivan dont je me sentais le plus proche. Le bruit de la mer me rappelle la colonie de vacances, quand la lueur du phare traversait le dortoir avant de repartir vers le large sans qu'il ne donne jamais signe de lui…

Les parents faisaient partie de ces gens que la fusion rend mauvais.

Inconscients, inconséquents ou égoïstes, ils ont semé des enfants comme on plante des fleurs dans la mauvaise herbe : pour voir si ça pousse. Et quand ça poussait, ils laissaient le bouquet aux grands-parents, les Viocs, qui, ravis de la récolte, s'occupaient de notre éducation. Chacun d'entre nous a passé des week-ends et une partie de ses vacances dans leur grande maison de La Baule, avant de retourner à l'école primaire et à la pension. Les parents venaient à La Baule un week-end sur deux. J'ai vite appris à me passer d'eux, mais tout le monde ne l'a pas vécu comme moi. La dernière fois que j'ai vu les parents, c'était à la mort d'Ivan, qui venait de se tirer une balle dans la tête – ça n'allait pas fort, le pauvre. Les parents sont venus avec leur camionnette, ils ont demandé les clés de son appartement aux flics, puis vidé sa chambre (tout au plus le matelas pouilleux, la table de camping, le réchaud et les trois babioles que traînait le malheureux) avant de repartir dans leur propriété de Royan, me chargeant au passage de régler les frais des obsèques… Avec le recul, ils me font penser à ces scorpions qui, lorsqu'une de leurs larves tombe du dos qui les porte, choisissent de la dévorer.

Maintenant qu'ils sont morts, qu'ai-je donc à cultiver la haine qu'ils m'ont apprise ? Par fatalité ? Atavisme familial ? Ces crapules ont brisé nos repères affectifs avec une sorte de jubilation. Raison de plus pour les envoyer au diable…

J'ouvre la porte de la chambre d'Alice, doucement, sens la fraîcheur du parquet sous mes pieds nus, l'observe un instant. Alice dort en chien de fusil à la lueur du Velux, une main agrippée au drap, l'autre enfoncée dans la bouche, entre le pouce et l'index, comme elle le fait souvent. Je chuchote :

— Tu dors ?

Un instant aveuglée par le filet de lumière qui filtre du palier, Alice a un geste de recul.

— Oui… Qu'est-ce qui se passe ? dit-elle.

— C'est au sujet de ton jeu… Tu peux m'aider ?

La boîte à chaussures trône sur la table du salon. Alice, maintenant complètement réveillée, ouvre la petite trousse de couture qui se trouve à l'intérieur, puis elle saisit le paquet de « Zouave » et ôte une feuille à cigarette extrafine.

— Tiens.

Elle s'éclipse avec le reste de la boîte, me laissant seul dans le salon, avec mon bic noir et le petit bout de papier, pour ma première confession païenne. Le ciel me passe par-dessus, tous feux éteints : en quelques mots bien sentis à l'intention des parents, j'enterre mon enfance et la haine que j'éprouve pour ces charognards.

Je ne sais pas si cela servira à grand-chose mais l'écrit a quelque chose de testamentaire…

Des effluves de poisson naviguent dans la cuisine où Alice bricole, un petit pull sur les épaules. Devant elle, sur la table de bois, une balle de calibre .44, l'épingle à chapeau et deux petites pinces. Je dépose le bout de papier criblé d'encre fraîche près du revolver.

Alice ne dit rien, appliquée. Serrant le sertissage à l'aide de la pince, prenant soin de ne pas renverser la poudre et la bourre, elle ôte la douille et dispose le tout sur la table de bois. Je remarque alors que la balle a été perforée dans le sens de la longueur… Adroite, méticuleuse, Alice roule le message secret et, s'aidant de l'épingle à chapeau, le glisse dans la minuscule anfractuosité cylindrique prévue à cet effet. Enfin elle remet la bourre, cale le projectile dans sa douille et referme le sertissage avec le même brio.

La balle est prête.

— On y va ?

La lune nous éclaire jusqu'aux rochers de Trégana. Le vent gronde plus fort à mesure que nous approchons des récifs. Alice venait là fumer des cigarettes avec Philippe Mavel. D'après elle, à part un ancien moulin à grain, le coin est désert.

Une volée d'embruns nous cueille en bordure de précipice. En contrebas, la mer glisse sous la falaise, en ressort toute blanche, dans un bruit de tonnerre… Alice fouille dans son sac.

— Tiens, dit-elle.

Le Smith & Wesson luit sous la lune, imbécile et lugubre. J'hésite une seconde avant de l'empoigner. Alice recule d'un pas. Seul devant la mer, pensant à tout, à rien, au reste, j'arme le chien et vise le ciel… L'écume crache sur les cailloux comme je crache sur mon passé : d'un coup sec, je loge le cadavre de mon enfance tout là-bas, à la belle étoile.

8

Ta gueule

Martial ne savait pas grand-chose de Luis, sinon qu'il avait fait un long séjour en prison, ce qui expliquait son français impeccable et son humeur soupe au lait.

Avec un député assassiné à deux pas de l'immeuble où ils espéraient coincer Alice, les rapports entre les deux hommes s'étaient tendus. Et si Alice était liée au meurtre ? Si par malheur l'arme du crime s'avérait être son propre revolver ? Dans l'urgence, ils étaient tombés d'accord sur une chose : vérifier la présence de sa sœur chez Le Cairan. Les flics qui infestaient l'immeuble finissant par déguerpir, ils prirent une chambre à l'hôtel Ibis le plus proche et décidèrent d'opérer durant la nuit. Dans l'attente, l'ambiance, déjà lourde, devint franchement pesante. Ils n'avaient trouvé qu'une chambre avec un lit double – au regard ombrageux du Basque, Martial, qui avait déjà réglé la note, comprit vite qu'il dormirait par terre.

Ils dînèrent en silence au restaurant de l'hôtel

et regardèrent la télé jusqu'aux dernières informations. Un présentateur bronzé et souriant leur annonça la nouvelle : l'arme qui avait tué le député était un calibre .44.

Comme son Smith & Wesson.

— *¡Hija de puta! ¡Hija de puta!*

Luis n'avait plus que ça à la bouche. Ils quittèrent la chambre vers deux heures du matin.

Martial était un peu anxieux à l'idée de commettre un délit mais Luis, visiblement, en avait vu d'autres : il s'introduisit dans l'immeuble, força la porte de Le Cairan, qui n'était même pas fermée à clé, et pénétra le premier dans l'appartement. Là, ils fouillèrent le deux-pièces à la recherche d'une arme qu'ils ne trouvèrent pas. En revanche, Alice était bel et bien passée par là : Martial identifia ses affaires, soigneusement pliées dans son sac de sport. Elle était arrivée à Rennes deux jours plus tôt mais elle n'avait touché à rien. Le type avait lui aussi bourré quelques affaires dans un sac de voyage : il y avait même son passeport, posé sur une chemise d'été.

Pourquoi ne revenaient-ils pas les chercher ? Comptaient-ils partir ? S'enfuir ? Déguerpir une fois leur forfait commis ? Tout ça ne tenait pas debout.

Le visage de Luis avait brusquement changé, comme si la proximité d'Alice lui montait à la tête. Son teint était devenu fiévreux, ses petits yeux méchants et ses longs doigts se recroquevillaient comme les pattes d'une araignée qu'on vient de tuer…

Ils trouvèrent bientôt une impressionnante pile de lettres manuscrites dans un tiroir du bureau : Martial reconnut l'écriture d'Alice. Si les premières dataient d'environ deux ans, les dernières avaient été envoyées dans le mois.

L'une d'elles, écrite sur papier kraft, disait :

Fred,

Tu me dis que tu es libre fin juin, à partir du mariage de ton vieux copain Joe-la-rillette. Quel drôle de nom. Ça ne me donne pas tellement envie de t'y accompagner, enfin, je veux bien te suivre mais à condition d'y aller en K-Way. J'en ai deux, des orange. C'est moins salissant et ça te donnera un petit côté techno qui ne te fera pas de mal. Je te laisse t'occuper des duvets, au cas où on dormirait dans la voiture. Mais c'est vraiment parce que c'est toi : dis-toi bien que si j'aimais les mariages, je me serais déjà mariée au moins cinq fois. J'aurais commencé par le premier qui m'aurait dit je t'aime, pour voir qu'il mentait, j'aurais continué avec celui qui m'aurait fait rêver, pour voir que les passions ne supportent pas la réalité, puis avec le type qui au départ me résistait, pour être sûre que l'obstination n'a rien à voir avec l'abnégation, j'aurais poursuivi mon exposé sur le mariage avec celui qui m'aurait donné une image positive de moi-même, pour comprendre que l'égocentrisme nous renvoie à l'infinie solitude des contraires, et j'aurais fini avec celui qu'au fond j'aimais depuis toujours, sans réussir à trancher entre lui et un autre.

Tu vois tout ce que je peux faire pour toi !

Par contre, je ne sais pas encore à quelle heure j'arriverai à Rennes. Ce sera par le train, le train de nuit probablement – ferroviaires ou pas, les liaisons Nord-Sud sont bien difficiles en ce bas monde. À samedi, si tout se passe bien.

P.-S. 1 : Que penses-tu du Finistère ?

P.-S. 2 : Tu n'en as parlé à personne, hein ?

*

Martial n'avait jamais connu leur père, un marin terre-neuvier qui était resté au large. Quant à sa mère, il gardait d'elle le parfum d'une vague tendresse perdue dans les abysses des maladies incurables. À sa mort, Martial avait vécu deux ans en pension, à Lesneven, avant que leur tante du Pays basque n'ait la bonté de l'adopter. Alice avait dû attendre quatre ans de plus. Plus attachée que lui à sa région d'origine, elle passait ses étés en Bretagne, quand on pouvait se baigner. Le Finistère. C'était une bonne piste. Alice en parlait dans sa dernière lettre et elle y avait longtemps traîné ses guêtres. Elle pouvait avoir gardé des contacts…

Si cela n'expliquait pas pourquoi elle avait participé à l'assassinat d'un député et quitté Rennes en abandonnant ses bagages, Fred Le Cairan était certainement avec elle. Avaient-ils pris sa voiture ? La carte grise parlait d'une 504 bleu métallisé. Ils avaient peut-être une planque dans les environs de Lesneven. Cette petite garce savait y faire pour manipuler les gens…

Ils errèrent ainsi sur les routes du Finistère Nord. Avec le temps, Luis passa du silence inquiétant au silence menaçant. Refusant de manière catégorique tout relais, l'œil acéré derrière ses Ray-Ban, il mastiquait son cure-dent, les mains rivées sur le cuir du volant.

— *¡Hija de puta!*

Ouais, bon, ça va. Martial commençait à lui en vouloir sérieusement, à Alice, elle le mettait même dans un fameux pétrin, il était sympathisant, lui, pas bandit de grand chemin : si Luis continuait à insulter la famille, il le finirait tout seul le voyage ! Après tout, c'est lui qui était tombé dans le panneau d'Alice. Il lui avait même dit de s'en méfier, alors ?

Le mystère restait entier. L'assassinat n'avait pas été revendiqué et ne le serait jamais : Luis prit le risque de téléphoner à ses supérieurs, selon le code en vigueur, mais personne n'était au courant. S'agissait-il d'un groupuscule dissident ? Possible. En tout cas, tout le monde était à cran.

Eux roulaient.

Le vendredi, les deux hommes stoppèrent dans une station-service du Conquet. Surprise : le pompiste avait bien vu un jeune couple dans une 504 bleu métallisé. Ils étaient venus faire le plein la veille, il l'avait déjà dit à leurs collègues…

Visiblement, le type les prenait pour des inspecteurs en civil.

Luis n'avait pas besoin de ça pour faire la

gueule : avec la flicaille sur le coup, l'affaire allait se compliquer. Martial émit l'idée de rentrer au Pays basque mais se ravisa vite.

Il ne décida pas de suivre, il suivit.

Le lendemain, sur le tronçon assez large d'une départementale, alors qu'ils sortaient d'une interminable visite le long de la côte, la BMW croisa une 504 bleu métallisé. Deux occupants. Luis fit demi-tour et les rattrapa à la sortie d'un village. Il y avait peut-être encore une chance que cette histoire se finisse sans trop de heurts. Comme on ne distinguait pas grand-chose avec les appuie-tête, le Basque décida de se porter à leur hauteur. S'il ne reconnut pas le type au volant, la fille qui l'accompagnait était bien Alice. *¡Hija de puta!* Elle lui payerait ça, la sale petite garce !

— Luis !

Collé à son siège, Martial avait crié. Face à eux, un camion arrivait en klaxonnant. Luis oublia Alice et écrasa l'accélérateur : la BM fit un bond et se faufila *in extremis* entre la 504 et la mort.

Martial respira bruyamment. Le camion était passé, la Peugeot roulait maintenant derrière eux mais l'autre continuait d'accélérer. Il fonçait même.

— Qu'est-ce que tu fais ? demanda Martial.

Sa tête des mauvais jours enfoncée dans les épaules, le Basque ne répondit pas : il amorça une courbe qui donnait sur une longue ligne droite, fila tout au bout et freina alors brusquement, en bordure de champ. Là, Luis fit mouliner son volant, gara la BM sur le bas-côté, face à la ligne droite, et attendit.

— Oh ! insista Martial. Qu'est-ce que tu comptes faire ?

Luis se taisait toujours, la main sur le levier de vitesse. En revanche, il avait lâché son cure-dent. Mauvais signe.

La 504 apparut au loin. Seule. Luis n'attendit pas d'en être certain pour démarrer. Martial se raidit aussitôt. Ils roulaient au milieu de la route et le Basque continuait d'accélérer, imperturbable derrière ses grosses Ray-Ban. Quatre-vingts, quatre-vingt-dix : il passa la quatrième et plaqua ses mains sur le volant. Martial voulut protester mais se ravisa : le visage de Luis était inexpressif. Le vide. Il fonçait sur eux sans penser à rien. Effrayant.

La 504 se rapprochait à toute vitesse, envoyant de pathétiques appels de phares, puis tenta une esquive désespérée sur la gauche. Le choc fut bref. Martial resta tétanisé sur son siège mais la BM, à peine ébranlée, blindait toujours sur la départementale. Incroyable : ils s'étaient à peine effleurés.

Dans leur dos la Peugeot avait manqué de verser dans le fossé mais elle aussi poursuivait sa route, vaille que vaille. Alors il explosa :

— ÇA VA PAS, NON !

Malgré la crainte qu'il lui inspirait, Alice était sa sœur et il n'allait pas devenir le complice de son meurtre : il ne s'était pas préparé à ça.

— Putain, t'es malade ou quoi ? T'as failli nous tuer !

Martial agrippa le bras de Luis, qui freinait, trop tard : la BM fit une embardée, mordit sur le bas-côté et plongea une roue dans le fossé. La berline s'inclina tout à coup, cogna contre le talus et, dans un bruit de tôles froissées, s'immobilisa dans les ronces d'un mûrier. Le Basque trépigna sur sa pédale, en vain : les roues patinaient.

Son sang ne fit alors qu'un tour : Luis arracha les quatre-vingts kilos de graisse de Martial hors de l'habitacle, le traîna sur l'asphalte avec une force insoupçonnée, prit son élan et l'envoya dans les ronces. Tête la première. Après quoi, il expulsa ce qu'il avait sur le cœur :

— Ta gueule !

9

Une âme en cinq coups

Mc Cash ruminait au volant de la Safrane, en proie aux effets secondaires de la poudre inhalée pour la route et à une forme de colère froide.

La commissaire Trémaudan l'avait mis sur une affaire minable pour faire plaisir au préfet, l'ami de Bénouville, pendant que les cow-boys de la DST traquaient le meurtrier du député sur son territoire. Mc Cash était un mâle Alpha, un dominant qui avait du mal à se dominer. La coke barbotée aux Stups lui bousillait les sinus, les flics marchaient sur ses plates-bandes, on le prenait pour un tocard et Le Cairan cachait son jeu ; son rôle dans la mort du député n'était pas clair et Mc Cash ne serait pas long à lui faire cracher le morceau s'il avait été témoin de quelque chose.

Quelques moulins à vent à la retraite paissaient sur le bassin de l'Ildut. La Renault du policier longea le manoir de Goulven, pittoresque construction tassée sous un toit de mousse dont la particularité consistait en un profond dégueuloir où la jet-set seigneuriale venait jadis se soulager lors des fêtes, avant d'atteindre la route de Pen-ar-Ménez. Le bourg de Locmaria-Plouzané, où Le Cairan avait accidenté sa voiture, se situait juste après.

Les fanions du garage ballaient mollement dans l'azur : Mc Cash se gara devant les pompes. Le garagiste bricolait à l'atelier, penché sur un moteur. C'était un petit homme sec au nez aquilin, de la limaille de fer sur le bleu de travail.

— Vous avez vu ce zigoto ?

Mc Cash brandissait une photographie empruntée chez Le Cairan.

— Hum, baragouina le type.

— Ils sont venus quand ?

— Samedi en fin de journée.

Alice était donc toujours avec lui.

— J'allais fermer, ajouta le garagiste en passant ses paumes sur son bleu crasseux. Un pneu crevé à l'avant, fit-il d'un coup de tête vers les établis.

Mc Cash marcha jusqu'à la 504, couverte d'immondices. Il se pencha vers l'aile avant gauche et constata qu'elle était enfoncée.

— Ils ont eu un accident ?

— Faut croire.

— Il y a de la peinture grise sur la carrosserie.

Le garagiste haussa les épaules comme si on lui parlait de mécanique quantique. Mc Cash resta un moment au milieu de la limaille, indécis.

— Ils passent quand rechercher la voiture ?

L'autre regarda sa montre pleine de cambouis.

— Ça fait une heure que je les attends. J'sais

pas ce qui font, bougonna-t-il, mais moi je ferme : j'ai faim.

Il se nettoya les mains avec une graisse ocre.

— Quand ils ont déposé la voiture samedi, reprit le borgne, ils sont repartis à pied ?

— Oui.

— Ils ne vous ont pas dit où ils habitaient ?

— Si : pas loin, ils ont dit…

Il inspecta ses mains, presque propres. Mc Cash allait repartir mais se ravisa. Le garagiste n'avait pas bougé.

— Vous rouvrez à quelle heure ?

— Après manger. Vers les deux heures.

— Hum… S'ils reviennent avant moi, dites-leur qu'ils feraient mieux de m'attendre…

Comme l'homme ne bougeait toujours pas, Mc Cash sortit de l'atelier.

Sa petite enquête auprès des commerçants du bourg confirma leur présence à Locmaria puisqu'une charmante crêpière lui signala qu'« Alice ? Oh ! Si elle est quelque part, c'est chez son copain Mavel ! On la voit plus souvent mais c'est ici qu'elle a grandi la petite ! ».

Il était une heure de l'après-midi. Mc Cash avait le temps de les intercepter chez ce Mavel. Il tourna un peu en rond avant qu'un riverain ne lui indique la route exacte. Enfin, la Safrane s'engagea sur le chemin de la maison.

Personne sur la terrasse. Des riverains mais pas de voisins directs. La mer était à trois cents mètres, derrière des cyprès. Mc Cash claqua la portière, ajusta son bandeau dans le reflet de la vitre et traversa le bout de pelouse. Il y avait une table de jardin et un Velux ouvert à l'étage. Alerté par un craquement sec sous sa semelle, il inclina la tête vers le sol, s'agenouilla, vit les cartilages de crabe répandus sur la terrasse et frappa bientôt à la porte vitrée du salon. N'obtenant pas de réponse, il poussa la clenche : c'était ouvert.

— Y a quelqu'un ?

Toujours le silence.

Le salon était sommaire – une carte maritime affichée au mur, un grand miroir en mosaïque, quelques vêtements posés sur les dossiers des chaises et le canapé, une affiche Zen, une autre des Red Hot Chili Peppers, des tasses vides sur les tables… Mc Cash monta à l'étage : deux chambres semblaient occupées. Sur le sol de la première, il trouva un matelas, une couette tire-bouchonnée, une bouteille de vin vide, des affaires d'homme. L'autre était à peine mieux tenue mais les sous-vêtements étaient beaucoup plus sophistiqués. Il redescendit, vit un petit carnet bleu sur le bar de la cuisine.

Sur la page de garde, on pouvait lire : *Activité ludique à hauts risques pour un été maussade ou Rachetez-vous une âme en cinq coups.*

10

En guise d'épitaphe

Les flics ont fait des perquisitions chez les groupuscules autonomes, les soupçonnés de radicalisme, les radicaux, mais visiblement toujours aucune piste qui remonterait jusqu'à moi… Serait-il possible que je passe entre les gouttes ?

Je repose le *Ouest-France* du jour, dans le rôle du touriste en vacances. La mer ne doit pas faire plus de quinze degrés mais Alice est partie se baigner, nue.

Je me demande pourquoi je ne l'ai jamais désirée – en plus de son esprit original, la bougresse est sacrément bien foutue… Incapable de me concentrer, je l'observe parmi les remous.

— Pas trop froid ?

À l'abri des rochers où elle s'est déshabillée, Alice enfile son pantalon trop grand, son joli teeshirt, remonte vers mon piédestal, s'enroule dans une serviette sans grelotter. Pas le genre.

— J'ai faim, annonce-t-elle en aiguisant ses jolis crocs. Tu as une idée de l'heure ?

J'évalue le ciel à travers les nuages.

— Vers les une heure… Merde, la Poubelle…, je me souviens soudain. On devait aller la chercher au garage à midi.

— Tant pis, on passera après déjeuner.

Sur le chemin de terre qui nous ramène à la maison, un soleil épileptique nous réduit au silence. Les insectes filent doux dans la garenne. Alice marche devant, la serviette posée sur la tête comme si elle venait de se faire un shampooing. La maison est à trois cents mètres, derrière les cyprès. Elle dépasse le bosquet voisin et stoppe net :

— Qu'est-ce que c'est que ça ? dit-elle sans exiger de réponse.

De fait, je ne connais personne qui possède une Renault Safrane.

— La voiture de ton pote peut-être ? hasardé-je en pensant à Philippe Mavel.

— Non, je parle du type sur la terrasse.

Bon Dieu, je ne l'avais pas vu celui-là ! Agenouillé sur les dalles, il y a un grand type avec un bandeau noir en travers du visage. Alice, plus prompte, me tire vers les feuillages.

— Merde : un flic !

Son doigt pointe l'écusson tricolore sur la plaque d'immatriculation :

La Police.

L'État.

La Justice.

Le Jugement.

La Chute.

Cachés derrière les arbres, en bordure du chemin, nous retenons notre respiration. Sur la terrasse, le borgne s'est relevé : une sorte de géant, un putain de cyclope. Il frappe maintenant à la porte de la maison et, n'obtenant pas de réponse, entre.

— La Poubelle, souffle Alice.

On file à pied vers la départementale, le cœur battant, vite hors d'haleine : les flics nous ont retrouvés. Comment, je n'en sais rien, mais cette fois-ci je suis foutu. Je dépasse la baraque à frites à la sortie du village, des frissons dans le creux de l'échine. Derrière les fanions colorés, le garage apparaît : la Poubelle aussi, garée près des bouteilles de gaz, avec ses crottes de mouettes sur le toit. Alice prend le volant pendant que je vais régler le garagiste.

Ça pue l'huile de vidange quand j'entre dans son réduit. Une brune aux lèvres, le type en bleu de travail m'observe comme une proie facile.

— C'est combien la réparation du pneu ? je demande.

Le garagiste, beaucoup moins pressé que moi, sort une facture de son bureau et me lance d'un air entendu :

— Y a un type qui vous cherche. Un grand borgne.

— Un quoi ?

— Il dit qu'il est de la police.

— Un grand borgne ? Connais pas.

Je règle la facture sans m'attarder sur la petite monnaie et récupère les clés. De l'autre côté du comptoir, l'homme aux yeux secs continue de m'observer comme si j'avais mangé de la vache folle.

— Il a demandé que vous l'attendiez, ajoute-t-il, l'air de ne pas y toucher.

— Je vous ai dit que je ne connaissais pas de borgne.

J'attrape la facture et sors. Alice attend au volant, la tête inclinée vers la route où le flic peut surgir d'une seconde à l'autre.

— Filons !

Elle pousse la première et s'engage sur la départementale. La peur de croiser une Safrane blanche nous suit jusqu'à la nationale.

— La Poubelle nous a trahis, annoncé-je à Alice. Le flic est passé au garage.

— Le borgne ?

— Oui. Il a demandé qu'on l'attende.

Nous roulons jusqu'à la quatre-voies de Brest, perdus dans nos pensées. Suite à l'ondée tombée sur l'asphalte brillant, un arc-en-ciel s'est pris dans la bruine que les voitures soulèvent. Guettant dans les rétroviseurs, Alice conduit vite. Si les flics nous ont dénichés chez Mavel, c'est qu'ils savent que nous sommes ensemble... Soudain je réalise :

— Oh ! merde...

— Quoi ?

— On a oublié le carnet à la maison. Le carnet bleu : sur le bar de la cuisine.

Alice se crispe au volant.

— Le mode d'emploi, réalise-t-elle à son tour. Le revolver : le flic va comprendre.

Je jure en traînant sur les syllabes :

— Pu-tain…

Jusqu'alors, mon seul espoir résidait en l'absence totale de mobile. Avec le carnet, la police comprendra vite que nous possédons une arme. Encore heureux qu'Alice l'ait gardée dans son sac… Elle se rabat sur la file de droite et se cale derrière les autocollants d'une caravane de luxe. Il faut agir, et vite. D'ici à quelques heures, les flics de la région surveilleront les gares, les ports, les stations-service, les agences de voitures de location, les aéroports, les TGV, les autoroutes, tous les grands axes. Un plan quelconque se mettra en place pour me coincer.

— On ferait mieux de prendre les petites routes, dis-je.

Alice acquiesce, concentrée sur la quatre-voies. Tout va mal. J'ouvre la boîte à gants et consulte la carte Michelin. Éviter les grands axes, les villes, prendre les chemins de traverse, se perdre dans la nature…

— Commençons par abandonner la Poubelle, dis-je, penché sur la carte. Il y a une forêt pas loin.

— Où ça ?

— Sur la droite.

Un motard pressé fait hurler sa machine en nous doublant. La musique passe en sourdine dans l'autoradio.

Nous survolons des villes
des autoroutes en friche
diagonales perdues
et droites au hasard…

Prochaine sortie, trois kilomètres : nous la voyons ensemble, la ligne de fuite.

*

Au-delà des châtaigniers, trois collines pelées font le dos rond. Marquant la fin de longs détours par les routes blanches de la carte Michelin, nous bifurquons vers un bois perdu du Finistère Nord, le bas de caisse cognant contre les branches mortes. Nous stoppons notre course au milieu des bruyères : le sentier s'arrête là, submergé par l'assaut des fougères.

Alice coupe le contact. Plus loin des oiseaux chantent, inconscients. On sort les duvets du coffre et, sans un mot, laissons la Poubelle contre un talus avant de nous enfoncer sous les bois en quête d'un endroit pour s'en débarrasser. L'idéal serait de dénicher un marais qui l'avalerait d'une seule goulée mais nous n'avons rien vu de semblable sur la carte. Chacun part de son côté, en éclaireur.

Ça sent la terre fraîche sous la voûte des arbres. Loin de la route, les animaux ont repris leurs activités : j'aperçois la queue rousse d'un écureuil quand la voix d'Alice perce depuis la futaie voisine :

— Fred ! Par ici !

Je la retrouve bientôt en équilibre sur les rails d'une ancienne voie ferroviaire parsemée d'herbes folles ; devant elle, un taillis de ronces couvre le toit effondré d'un ancien poste d'aiguillage.

— Qu'est-ce que tu en dis ?

— C'est exotique, le poste d'aiguillage.

— Ramène la bagnole, je vais te guider.

La Poubelle attend dans le sentier, masse laborieuse penchée sur son destin de talus. Je prends le volant et, au prix de suantes manœuvres entre les troncs centenaires et les buissons, réussis à me garer contre le mur du bâtiment en ruine. Je fourre les quelques affaires qui pourront nous servir dans le sac plastique qui traîne sur le tapis de sol, jette un dernier regard sur le cerf-volant posé sur la banquette arrière et m'extirpe de l'habitacle. Là, c'est encore toute une histoire pour se sortir des ronces.

Près du poste d'aiguillage, Alice a déjà amassé des branches mortes pour le camouflage. Je l'aide à en recouvrir la Poubelle avant de marquer une pause : il nous reste en tout et pour tout le sac à dos d'Alice, les duvets du mariage et quelques babioles dans un sac plastique.

— Combien tu as sur toi ? demande-t-elle.

Fouillant dans mes poches, je trouve une pièce qui rêvassait entre un bout de crayon à papier et des grains de sable.

— Un euro.

— Tout juste le prix d'un coup de fil.

Je pense aux films américains mais je n'ai plus d'avocat depuis l'affaire de la petite.

— Et toi ? relancé-je.

— À peine cent euros.

— On va pas aller loin avec ça.

— Non : surtout que si les flics nous ont retrouvés, ce n'est pas seulement à cause de la Poubelle, mais aussi de ma carte bancaire. Ils nous suivent à la trace.

— Putain… Comment on va faire sans argent ?

— On n'a pas le choix, dit-elle en relevant son pantalon sur ses hanches : il faut en trouver.

Au-delà du poste d'aiguillage, le sentier file entre les fougères. Nous avons un dernier regard pour la 504, grossièrement camouflée sous le taillis de ronces et les branchages. Comme l'impression d'abandonner son chien.

— On la traitait de poubelle mais au fond, on l'aimait bien cette conne, dis-je en guise d'épitaphe.

11

Sa prothèse

Le soleil déclinait à petites foulées dans le chemin qui bordait le pavillon de Mavel. Les pieds posés sur le vide-poche de la Safrane, Mc Cash attendait depuis des heures. Derrière les buissons, on apercevait la maison, mais toujours aucun signe des fugitifs.

Mc Cash ne croyait plus beaucoup à leur retour : Alice Arbizu et Frédéric Le Cairan avaient récupéré la 504 alors qu'il inspectait leur planque et cet imbécile de garagiste les avait laissés partir avec la voiture ; ils s'étaient probablement croisés.

Leurs affaires étaient pourtant toujours dans la maison : avaient-ils flairé sa présence ? Mc Cash attendit.

Encore.

La nuit tombait.

Elle dégringolait, même.

Lui hésitait toujours : devait-il faire intervenir les services de police afin de chercher des indices dans la maison ? Enquêter dans les environs ?

La lecture du carnet trouvé sur le bar de la cuisine le laissait dubitatif. *Activité ludique à hauts risques pour un été maussade ou Rachetez-vous une âme en cinq coups.* Alice aurait donc offert un revolver à Le Cairan ? Pour quoi faire ? Tuer le député ? Et qu'entendait-elle par « assassiner ses pensées parasites » ? Parlait-elle de celles de Longemoux ? De Frédéric ?

Ce carnet expliquait l'anfractuosité cylindrique mentionnée par la balistique au sujet de la balle qui avait tué le député, mettant Le Cairan au rang de suspect numéro 1. Le mobile, en revanche, restait flou. Malgré ses velléités anarco-guignolesques, Frédéric Le Cairan n'avait pas le profil d'un terroriste...

À deux heures du matin, sachant qu'ils ne viendraient plus, Mc Cash goba une poignée d'amphétamines et décida de rentrer à Rennes. Il songeait toujours à Angélique, à sa période d'abstinence sexuelle qui lui ressemblait si peu. Fallait-il être tordu pour ne plus baiser avec personne alors qu'il était désormais célibataire à vie, alors qu'il passait son temps à tromper la seule femme qu'il aimerait jamais ?! Il avait bien eu une liaison après Angélique mais la fille venait toujours avec son chien qui foutait des poils partout, Mc Cash détestait les clébards et la femme en question ne ressemblait pas du tout à Angélique : ça n'avait pas duré... Au fond, la solitude qu'il s'infligeait ne menait nulle part, même pas à lui-même.

Sur la quatre-voies, il écouta une version controversée de Glenn Gould où l'on pouvait entendre le musicien chanter d'autres notes, et jura de s'envoyer en l'air sitôt cette affaire achevée, avec la première venue.

*

— Alors, Mc Cash, vous avez retrouvé votre homme ?

Anne-Françoise Trémaudan fit claquer le briquet en or offert par son premier mari. Derrière le nuage opaque de sa gitane, Mc Cash faisait la moue : Le Cairan et sa complice avaient pris la fuite, il savait qu'il les avait ratés de peu à Locmaria, mais malgré la découverte du carnet bleu et leur délit de fuite, quelque chose continuait de le chiffonner dans cette histoire.

— Non, dit-il. Le Cairan est parti en vacances visiblement…

Sujet aux effets secondaires d'amphétamines probablement frelatées, le borgne crevait de chaud dans le bureau de la commissaire. Elle agita ses bracelets :

— Nous sommes débordés en ce moment avec l'affaire du député, mais le plaignant est un vieil ami de monsieur le préfet, qui m'a demandé de le tenir au courant. J'ai ici le dossier de Frédéric Le Cairan, ajouta-t-elle. Un dossier des Renseignements généraux. Jetez-y un œil, ça vous avancera peut-être.

La commissaire posa une chemise jaune citron sur le rebord de la table.

— Vous avez une idée de l'endroit où il se trouve ? ajouta-t-elle.

— Je l'ai raté de peu hier. Mais ne vous en faites pas, je le trouverai.

— Vous feriez bien, Mc Cash : ce n'est quand même pas très compliqué ce qu'on vous demande. Et vous n'êtes pas sans savoir que j'ai d'autres chats à fouetter.

— Legay et les cow-boys de la DST, oui, on m'a dit qu'ils étaient sur le pont.

— En attendant, les cow-boys, comme vous dites, ont l'air plus motivés que vous, s'empourpra la commissaire.

— Sans résultats que je sache.

— Vous êtes toujours aussi insolent ?

— Je fais toujours le maximum.

— Avec un minimum de respect. Vous savez que je peux vous casser, Mc Cash.

— Le préfet ne serait pas content : son ami Bénouville m'aime beaucoup.

— Ah oui ?

— Les vieilles personnes aiment se sentir protégées. On ne peut pas leur en vouloir.

— Vous continuez à vous foutre de moi ?

— Non, Madame.

— Fichez-moi le camp. Et ne revenez pas avant d'avoir secoué les puces à ce…

— Le Cairan.

— Exécution.

Un regard noir brillant marqua la fin de l'entrevue. Un fameux regard. Pour une fameuse tête de mule. Mc Cash quitta le bureau sans desserrer ses mâchoires, ni parler du carnet trouvé dans la maison. Les amphétamines frelatées lui donnaient la nausée, sans parler des types de la DST, et il n'avait pas envie de leur faciliter la tâche.

*

Dans l'ascenseur qui le ramenait chez lui, le borgne n'avait dit bonsoir à personne – pas même à la fille du seizième, la petite boulangère d'en bas qui lui offrait de si jolis sourires en lui rendant la monnaie dans le creux de la main.

Armé d'un whisky Tullamore le bien-nommé, surplombant la ville depuis le fauteuil tourné vers la baie vitrée, Mc Cash parcourut le dossier confié par la commissaire. Celui des RG. Rien de très folichon : jeunesse difficile dans une famille nombreuse dont Frédéric était l'aîné, pension, internat, boîtes à bac, fugue, chômage, drogue (plantation de cannabis qui lui avait valu une forte amende et deux mois avec sursis). Réformé P4. Pas de suivi psychiatrique. Avait l'année dernière écopé d'un mois de prison ferme (transformé en heures de travaux d'intérêt public) et de six mois avec sursis après avoir mis le feu aux Pères Noël publicitaires du centre piétonnier.

Côté politique, si Le Cairan n'était inscrit à aucun parti, il faisait imprimer une sorte de revue artistico-situationniste (*L'Ankou Magazine*) à plus de mille exemplaires, cela sans travail ni salaire, par le biais de son association. D'où tenait-il tous ces fonds ? Serait par ailleurs très lié à Georges Filoc'h, ancien cadre du bureau politique du FLB (Front de libération de la Bretagne), aujourd'hui retraité, soupçonné d'être lié au mouvement indépendantiste breton Emgann, dont quatre représentants avaient été interpellés pour avoir offert l'hospitalité à des Basques de l'ETA…

Mc Cash jeta le rapport jaune citron sur les poils de chien de la moquette, alluma la télé pour les informations régionales et avala une gorgée de whisky. Pas terrible. Il était aujourd'hui le seul à connaître l'existence du carnet bleu. Il s'agissait de rétention d'informations liées à l'enquête en cours mais Mc Cash estimait avoir ses raisons : là où le préfet Basillac y verrait un aveu, lui doutait encore. Le Cairan n'avait décidément pas le profil d'un tueur. Il s'était passé quelque chose. Pourquoi Alice Arbizu lui avait-elle offert un revolver ? Qui était l'instrument de qui ? Et cette fille, d'où elle sortait ? Des irréductibles de l'ETA ?

Une question continuait de le tarabuster : pourquoi le député Longemoux s'était-il posté en pleine nuit à la fenêtre du salon alors qu'un tueur attendait en bas ?

L'appel à témoins lancé par les autorités n'ayant toujours rien donné, les locataires de l'immeuble semblaient être les seules personnes susceptibles de l'aider. Parmi eux, seule Gwenaëlle Magadec avait déclaré avoir été réveillée par la détonation. Ça valait peut-être le coup de l'interroger…

Mc Cash regardait l'écran de télévision d'un œil morne : conséquences de la marée noire, le tourisme en Bretagne enregistrait une baisse de fréquentation spectaculaire. La dépression qui pointait sur le Finistère n'arrangeait rien. Tour de France : la grogne montait dans le public après une nouvelle saisie des douanes mais les coureurs gardaient le moral. Football : le Stade rennais recrutait pour la saison à venir. Mc Cash coupa la télévision, un peu plus abruti par le néant cathodique.

La nuit tombait lorsqu'il quitta son fauteuil. Il s'étira longuement sur le désastre de son appartement, enjamba un sac de gravats et enfila sa veste noire, celle du croque-mort.

Rue Duguesclin, dix heures du soir. Mc Cash grimpa au premier étage et sonna à la porte de gauche – l'appartement de droite était en restauration.

Gwenaëlle Magadec ne parut pas surprise de le voir, les cheveux ébouriffés sur le pas de sa porte.

— Je peux vous parler ?

Elle jaugea le mètre quatre-vingt-dix derrière son paillasson.

— J'ai une raison de refuser ?

— Non. Je n'en ai pas pour longtemps.

D'un geste, Gwenaëlle invita le policier à entrer dans un appartement sombre, calme, raffiné. L'homme suivit les pieds nus qui faisaient grincer le parquet, alignant quelques phrases au sujet de Le Cairan, son voisin. Des estampes orientales ornaient les murs. Fiché dans le sourire de Ganesh, de l'encens fumait en volutes appliquées. Un chat noir reposait sur le sofa, les pattes avant repliées sous le menton. Mc Cash se posta à la fenêtre qui donnait sur la rue.

— Vous vous demandez si j'ai vu quelque

chose depuis cette fenêtre ? fit Gwenaëlle dans son dos.

— Vous étiez où quand le coup de feu a retenti ?

— Je l'ai dit cent fois à vos collègues : dans mon lit. Je suis ce qu'on appelle une grosse dormeuse, ajouta-t-elle dans un rictus.

— C'est ce que me disait ma femme aussi. Vous dormiez ?

— Je crois que c'est le coup de feu qui m'a réveillée. Et puis les bruits de vitre brisée… J'étais dans le cirage. Il y avait aussi des bruits sourds…

Elle caressait son chat, qui dressa l'échine.

— Des bruits sourds ? Quel genre ?

— Je ne sais pas exactement : je vous dis que j'étais dans le cirage.

— Comme des portes qu'on claque ?

— Hum, possible. C'était confus.

Le borgne hocha la tête en observant la table basse du salon.

— Vous avez un copain ?

— Pardon ?

— Il y avait quelqu'un chez vous ?

— Pourquoi me demandez-vous ça ? s'empourpra Gwenaëlle.

— Vous lisez *L'Équipe* ? siffla-t-il en se tournant vers le journal qui traînait sous le meuble japonais.

— Et pourquoi pas ? renchérit la Bretonne, les joues roses.

Mc Cash la trouvait rigolote.

— Que pouvez-vous me dire sur le Stade rennais ?

— Quoi ?

— Il y avait un match ce week-end : c'est quoi le score ?

Gwenaëlle le fusilla du regard :

— Vous êtes chiant.

— C'est aussi ce que me disait ma femme. Alors ?

— Oui, il y avait bien quelqu'un dans mon lit, répondit-elle.

— Son pedigree ?

— Un homme marié, si c'est ce que vous voulez dire.

Une montée d'amphétamines provoqua une brusque bouffée de chaleur. Mc Cash se rattrapa aux branches de son cerveau.

— Bon, maintenant fini de jouer, ma belle, aboya-t-il. Je vous écoute et je vous préviens, c'est la dernière fois.

Elle avait le rouge au front et ça l'agaçait.

— Oui, je sors avec un homme marié, déclara-t-elle de sa voix caverneuse : personne ne le sait et nous tenons à ce que les choses restent ainsi encore un moment.

— Je m'en fous, avoua Mc Cash en allumant une cigarette.

— Très bien. En tout cas, cela ne change rien. Yann n'a rien entendu non plus.

— Comment pouvez-vous affirmer une chose pareille ? dit-il, l'œil torve.

Gwenaëlle sourit du haut de ses trente-huit ans :

— Nous venions de faire l'amour.

— Et alors ?

— D'ordinaire, nos galipettes durent un moment mais ce soir-là Yann avait la petite forme, comme on dit. Il avait pas mal bu et beaucoup trop fumé. Les vieilles bêtes, à cet âge-là, ça ne tient pas le coup, ajouta-t-elle pour l'emmerder.

— Hum hum… La suite ?

— Eh bien, c'est simple, mon amant s'est écrasé comme une mouche et je me suis endormie dans la foulée.

Une étincelle de malice passa dans l'obscurité de ses yeux :

— D'ailleurs, ce salaud ne s'est réveillé qu'à l'arrivée des secours…

En bonne Bretonne, Gwenaëlle se détendit après la confession :

— Vous voyez, ce n'était qu'un petit mensonge.

En croisant son regard, Mc Cash sut qu'elle ne mentait plus. Il s'assit sur un petit banc japonais dont il ne connaissait pas le nom.

— Vous êtes allée voir à la fenêtre après le coup de feu ? reprit-il.

— Oui.

— Vous n'avez rien remarqué ?

Il secoua la cendre de sa cigarette dans une coupelle blanche.

— Non, rien. La rue était vide. Absolument vide. Enfin, jusqu'à ce que les secours arrivent.

Mc Cash expulsa une longue bouffée de tabac. Nu-pieds sur le tapis ocre du salon, les bras pliés sur son pull noir, Gwenaëlle observait la coupelle blanche où une longue cendre s'était formée.

— Je ne vous ai pas demandé l'autorisation de

fumer, concéda-t-il en désignant la cigarette qui se consumait.

— Ni de poser vos cendres dans ma coupelle à sushis.

— Désolé de l'apprendre. Vous avez parlé du meurtre de Longemoux avec vos voisins ?

— Évidemment. On le croisait souvent dans l'escalier, avec sa femme…

— Vous lui connaissiez des ennemis ?

— Bien sûr que non.

— Vous avez échangé vos impressions avec tous les locataires de l'immeuble ? Il n'y a que six appartements, vous devez bien vous connaître, non ?

— On se croise, je vous dis, fit-elle, évasive. J'en ai discuté brièvement avec M. Cherroui et la dame du deuxième. Mais comme ils n'ont rien vu…

— Et Fred Le Cairan ?

— Je ne l'ai pas vu depuis.

— Vous vous connaissez bien ?

— Du bon voisinage.

— C'est tout ?

— On a couché ensemble quand on était petits.

— Maintenant que vous êtes grande, vous n'auriez pas couché avec, je ne sais pas, le député Longemoux ?

Il écrasa son mégot dans la coupelle à sushis.

— Vous êtes toujours aussi goujat ?

— Contentez-vous de répondre à ma question.

— Non : vraiment pas mon genre.

— C'est quoi votre genre ? Le Cairan ?

— Lui ou un autre. Bon, c'est fini votre cirque ?

— Ouais. Vous savez où on peut le joindre ?

— Fred ? Écoutez, je n'en sais rien, s'impatienta-t-elle. Qu'est-ce que vous lui voulez au juste ?

— Je fais mon métier, mademoiselle : je cherche les témoins d'un meurtre.

Gwenaëlle tira ses longs cheveux bruns en arrière, toujours sur la défensive. Mc Cash reprit l'interrogatoire :

— Vous saviez que Fred faisait de la politique ?

— Pourquoi, il n'en fait plus ?

— Alors ?

— J'achète sa revue sur le marché…

— Il y est beaucoup question de politique.

— Vous connaissez des questions qui ne sont pas politiques ?

— Peut-être, mais Le Cairan côtoie des gens des milieux extrémistes.

— Première nouvelle.

— Lorsque vous discutiez du meurtre avec vos voisins, vous n'avez relevé aucun détail qui vous aurait surprise ?

— Par exemple ?

— Les gens sont rarement naturels devant un policier. Un voisin aurait pu vous raconter une anecdote, un fait surprenant…

— Vous enquêtez sur Fred ou sur la mort de notre voisin député ?

— Vous pouvez répondre à ma question, s'il vous plaît ?

Son air était doux tout à coup, son œil unique

presque touchant. Ses mains aussi étaient belles. Gwenaëlle le trouva particulier.

— Non, je n'ai rien de plus à vous dire sur ce sujet, dit-elle.

— Dommage.

— Oui. Dommage…

Mc Cash se dirigea vers la porte de l'appartement. Il avait chaud. De plus en plus chaud.

— Au revoir, conclut Gwenaëlle.

— C'est ça, au revoir.

Mais à cet instant, Mc Cash avait l'impression de ne rien comprendre aux femmes. Il descendit l'escalier et, d'un geste rageur, écrabouilla la larme idiote qui coulait de sa prothèse.

12

Pas crier

Alice et moi n'avons plus un rond en poche, heureusement je n'ai jamais eu aucun scrupule à prendre l'argent où il se trouve.

J'ai rencontré Nathalie chez les curés de Dinan, au lycée des Cordeliers, lorsque ma scolarité a commencé à battre de l'aile. Nathalie était plutôt bonne élève pour une boîte à bac et une BCBG assez curieuse pour se laisser peloter sous les pupitres par un jeune pirate de mon genre. Fatalement, nous consommâmes une nuit ce que nous avions goûté de jour : surpris dans les toilettes de l'internat, on s'est fait virer ensemble. L'épisode a marqué la fin de ma scolarité mais pas de notre amitié – par bonheur, nous ne nous aimions pas.

On s'est croisés la dernière fois lors de son mariage mais je reçois des faire-part de naissance à intervalles réguliers. D'après mes souvenirs, Nathalie habite un bled près de Châteaulin, dans la presqu'île de Crozon : venir la taxer à l'improviste est assez gonflé mais après tout nous avons désespérément besoin d'argent, c'est elle qui m'a proposé le coup des toilettes de l'internat et son mari est notaire – maître Pinson, qui doit être au travail à cette heure.

Il est onze heures du matin quand je pousse la barrière blanche de la propriété, cachée par une haie de cyprès. Quittant la forêt, nous avons parcouru à pied la douzaine de kilomètres qui nous séparait de Trégarvan et du lieu-dit de La Bouzardière où habite Nathalie.

Elle a un moment de surprise en me voyant sur son perron, gobe mon baratin comme quoi je passais dans le coin, contente aussi de me voir. Le sourire attaché à ses longs yeux gris (c'est du moins l'effet qu'elle me fait), Nathalie se moque un moment de mon look – un K-Way orange et des tennis éventrées – avant de me prendre le bras et m'entraîner vers la terrasse.

— Ça fait longtemps, hein ?

— Depuis ton mariage.

— Six ans : la vache ! Alors, quoi de neuf ?

— Bah ! ça va, ça vient, ça repart…

Je reluque la bosse suspecte de son ventre.

— Dis donc, c'est l'usine à bonheur là-dedans !

Nathalie s'attendrit un instant sur elle-même :

— J'attends un petit quatrième, fait-elle en arrondissant le ventre. Tu veux un verre ?

— De vin, si tu as…

Nathalie a changé. Moins jolie mais plus belle. Visiblement contente de son sort. Heureuse femme.

— Bon, dit-elle en me servant un pouilly fumé, tu ne m'as pas dit ce que tu faisais dans le coin.

— Je suis en cavale, je réponds.
— Ah oui ?
Elle hausse ses sourcils triangulaires.
— Et poursuivi par quoi ? Un géant vert ?
— Non, une espèce de cyclope.
La terrasse donne sur un jardin avec barbecue, piscine chauffée, hortensias, eucalyptus et jardinier.
— Bon, me recadre Nathalie, je vois bien à ta tête que quelque chose ne va pas. Qu'est-ce qu'il t'arrive ?
— J'ai besoin d'argent. C'est urgent.
— Toujours ton fanzine ?
— On va dire ça. Je suis désolé de passer te taxer à l'improviste mais tu es la seule bonne idée que j'ai eue.
Nathalie sourit, flattée, alors que ce n'était pas le but.
— Combien il te faut ?
— Ce que tu peux.
— Un virement, c'est possible ?
— En liquide, oui.
— Ha ha !
Nathalie disparaît sans me poser de questions embarrassantes. Une vraie copine. Je finis mon verre quand elle revient sur la terrasse et dépose une liasse de billets sur la table. Près de mille euros.
— Merci, dis-je en fourrant le magot dans la poche ventrale du K-Way. Je te dirais bien que je suis gêné mais j'aurais fait la même chose à ta place.
— Canaille.

— Ton mari est au courant que je suis là ?

— Nicolas ? Bah…

Elle fait un geste las qui troue sa carapace.

Nathalie aime son mari et ses enfants mais elle aurait préféré être journaliste à Paris plutôt que femme de notaire à Trégarvan. Le petit quatrième semble lui boucher l'horizon. Je lui dis que mes réponses n'iraient pas à ses questions, qu'on peut être malheureux dans le bonheur et heureux dans la merde, que le temps lui va bien et que je suis content de la revoir. C'est vrai, pas seulement pour l'argent.

Rassurés sur la nature de nos liens, nous nous quittons bientôt.

— Quand même, je trouve que tu as l'air soucieux, avoue-t-elle en me raccompagnant à la porte.

— Moi aussi.

Je souris un peu tristement quand, sans prévenir, Nathalie m'embrasse sur la bouche. Je déguste un instant ses lèvres au goût oublié. Je ne sais pas si on se reverra un jour, en attendant elle prolonge mon sursis.

*

Couché dans le fossé, le vélo semble attendre qu'on le ramasse : un Manufrance à la peinture verte écaillée depuis la fermeture de l'usine. Je le sors de ce mauvais pas et tente avec succès quelques tours de pédalier sur l'asphalte qui borde le verger.

— Il marche bien ! commenté-je. Et le tien ?

Alice tâte les pneus de sa bicyclette bleue.

— Un peu raplapla, estime-t-elle, mais ça ira.

C'est un vélo de course, un Bernard Hinault à en croire l'étiquette. Je fais couiner les freins en arrivant à sa hauteur.

— Tu les as trouvés où, les vélos ?

Elle hoche la tête, évasive.

— Tu les as volés ?

Alice hoche la tête, affirmative.

— À qui ? Des paysans ?

Elle hoche la tête, négative.

— Alors ?

Alice désigne la haie de la maison cossue, tout au bout de la route :

— Eh bien à ta copine, là, Nathalie… Pendant que Monsieur faisait le joli cœur.

La renarde a plus d'un tour dans son sac. Deux minutes plus tard, nous filons sur nos vélos par les routes de campagne, tel le Blaireau.

Dans les villages de bord de mer, les vacances approchent : on a sorti les ballons, les cartes postales, les sandales de plastique translucide, les marchands, les glaces, les maillots, mais aussi les livres de l'été, les stars de l'été, les tenues de l'été, les films de l'été, les tubes de l'été, l'été indien, etc. Heureusement, Alice connaît un endroit tranquille où nous pourrons passer la nuit : l'île aux Vierges, un petit paradis paraît-il, où aucun flic borgne ne viendra nous chercher. A-t-il fait le rapprochement entre le carnet et la mort du député ? Nous longeons le port de Morgat à l'heure de l'apéro, gravissons une colline isolée après les courses pour le soir. Le Manufrance de Nathalie ne tolérant plus qu'une vitesse, je courbe l'échine dans la côte qui mène à la mer. Alice passe en danseuse, aérienne.

Cap de la Chèvre, les proportions des maisons laissent supposer que le Breton descend du hobbit. Sur le petit braquet, Alice scrute le paysage, succession d'ajoncs bigarrant les vallons. L'île aux Vierges se situe de l'autre côté de la colline, sur la gauche, après l'épicerie abandonnée qui marque le carrefour.

Les gens se font plus rares à mesure que nous dévalons la lande. Le crépuscule pointe derrière les genêts. Nos vélos trépignant sur les cailloux, Alice m'entraîne sur la piste d'une allée forestière, aventure hasardeuse à la suite de laquelle nous tombons sur une barrière. Aucune présence humaine dans les environs : juste une maison cachée dans les bois et une odeur de mousse en suspension.

— On peut laisser les biclounes ici, dit-elle.

— Ah ? Tu disais « bicloune » ?

— Oui. Ou biclard. Bécane. Voire meule…

— Chez nous, une meule, c'était une mobylette.

— Oui, je disais ça aussi. Ou bouzine. Allez viens.

Nous abandonnons les vélos dans un fossé et, les bras encombrés de sacs, nous frayons un chemin parmi les ronces tachetées de petites fleurs bleu outremer. À l'ombre des pins, la bruyère embaume les dessous de l'été. Alice stoppe bientôt au sommet d'un petit précipice. Plus bas, un rocher blanc baigne dans l'eau turquoise, une poignée d'arbustes accrochés à ses flancs comme autant de mendiants apeurés.

— Tu vois des gens ? dit-elle en relevant ses lunettes.

Je me penche vers la plage de galets gris.

— Non. À part la marée, on n'aura rien à craindre.

Alice serre les duvets dans ses bras et fait déraper ses Springcourt sur le chemin d'épineux. Un coucou salue notre arrivée sur la plage, lui aussi a trouvé un endroit où dormir. Je pose les duvets et les sacs de victuailles sur les galets. Au menu du soir, salade industrielle, pain industriel et fromage de bique industriel. Les kilomètres à vélo nous ont creusé l'appétit.

Nageuse acharnée, Alice se déshabille et part se baigner pendant que j'installe les affaires. Persée affrontant Méduse, je détourne les yeux, frissonnant à l'idée de couler dans de l'eau froide…

— Regarde comme c'est beau ! s'exclame-t-elle, à moitié nue devant l'océan. Tu ne veux pas venir ?

Son corps est fin, robuste – Persée aussi a triché.

— Tu sais ce que je pense de l'eau : une bonne mer est une mer morte ! je lui renvoie.

Alice me regarde en plissant les yeux comme quoi je suis un petit malin – j'ai une peur bleue de mourir en apnée –, puis s'éloigne, sans prévenir.

Assis sur un gros galet plat, je bois un peu de rhum en admirant le panorama. Au milieu Alice, petite tache au bord de l'océan, instigatrice d'un petit jeu de massacre inventé pour mon anniversaire… Savait-elle qu'en m'offrant un revolver j'allais commettre l'irréparable ? En fait de tuer mes démons, elle les a réveillés.

La voilà qui sort de l'écume, sur la pointe des pieds. Belle plante.

— Elle est fraîche, mais une fois dedans…

Elle attrape la serviette au vol.

— C'est comme une tombe, quoi.

J'allume une cigarette tandis qu'elle se sèche en miaulant, mais je continue de gamberger.

*

L'impression d'être dans un tunnel, un puits sans lumière. La thérapie d'Alice fait ressurgir des choses oubliées. Refoulées. Aurais-je nié sciemment mes malheurs, appliquant la politique de l'autruche pour mieux me protéger ? De qui, ma famille de scorpions ? Qui d'autre ? Alice m'invite à jouer à un jeu dont je devine simplement les règles, avec plusieurs coups d'avance… Où veut-elle me mener ? Les événements se précipitent et je sens que d'autres me guettent au coin du bois, comme si les bouts perdus au fond de moi allaient bientôt se répandre sur le monde, et tout brûler…

Les étoiles brillent sur l'océan métallique. Bercés par le ressac sur la plage, serrés l'un contre l'autre pour mieux vaincre la solitude et le froid, nous finissons par nous endormir – moi vers des rêves sans fond, Alice la main plantée dans la bouche, pour ne pas crier.

13

Clandestine

C'est le garde champêtre de Loperhet qui retrouva la 504 Peugeot bleu métallisé immatriculée 6667ND35, le long d'une ligne de chemin de fer désaffectée, grossièrement camouflée sous des branchages derrière les ruines de l'ancien poste du garde-barrière. Le véhicule était tellement cabossé que l'employé municipal avait d'abord cru à une voiture volée. Il avait donc alerté la gendarmerie locale, qui avait passé l'information au lieutenant Mc Cash.

Quand celui-ci arriva sur les lieux, les hommes du préfet encombraient les sentiers frais et humides du sous-bois. Le Cairan était le voisin du député et dans cette affaire d'État, toutes les pistes étaient vérifiées. En retrait, les gendarmes de Plougastel chargeaient l'atmosphère de commentaires allusifs. Silencieux, professionnels, les techniciens en blouse blanche relevaient des empreintes sur le terreau, encore meuble après l'orage de jeudi.

Mc Cash n'était pas à la fête. La pression du bandeau sur sa prothèse le démangeait, il avait mal au crâne, à s'en arracher les cheveux. Dans son nez, plus d'odeur. Juste une sensation de sang séché. Il avança vers le bâtiment en ruine où s'agitaient les hommes de la DST. Celui qui dirigeait l'équipe s'appelait Legay. Jean-Yves Legay. Un grand costaud aux cheveux blonds rasés, engoncé dans un cou de taureau cerclé d'or, mâchoire cubique, pommettes saillantes. Veste Armani avec boutons de manchette. Mc Cash le salua à peine : il était dans un sale état et il n'aimait pas les bijoux pour les hommes.

— C'est vous qui recherchez Le Cairan ? fit-il, penché sur la 504.

— Oui. Pour une autre affaire.

Legay leva ses yeux d'un bleu sibérien.

— Et vous ne l'avez toujours pas retrouvé ?

— L'oiseau est, disons, volatil.

— D'après vous, quel rapport avec le député ?

— Il a pu être témoin de quelque chose. Mais ce serait un drôle de hasard.

— Hum hum… Et la voiture ?

— Volée peut-être.

— C'est un peu court, inspecteur.

— Le Cairan n'a aucune raison d'abandonner sa voiture dans une forêt perdue.

— À moins d'être impliqué dans le meurtre et de se savoir recherché.

— Il faut avoir une bonne raison pour tuer son voisin.

— Le Cairan édite un fanzine contestataire, fit Legay en s'aidant de son carnet de notes. C'est quoi cette histoire d'Ankou ?

— Le diable, ou la Mort, dans le folklore breton.

— Une piste régionaliste ?

— *La Mort Magazine*, vous trouvez que ça fait sérieux ?

— J'ai connu des couvertures plus bidons, renvoya le spécialiste de l'antiterrorisme.

Mc Cash oublia son petit air supérieur.

— À quand on estime l'abandon de la Peugeot ? demanda-t-il.

— Pas plus d'une semaine : on a retrouvé une facture datée du 6 sous le siège avant.

Le borgne compta les jours dans sa tête, spéculait sur leurs déplacements, quand une sorte de libellule vint bourlinguer autour de son front moite : cherchant à l'écarter, il se perdit dans ses calculs, recommença de zéro. Jusque-là arc-bouté sur le siège avant, un flic en blouse ressortit de l'habitacle tenant à la main un objet enrubanné de papier bleu et blanc.

— Qu'est-ce que c'est que ce truc ? fit Legay en dépliant les ailes d'une espèce d'animal peinturluré.

— Un cerf-volant, répondit Mc Cash dans son dos.

L'officier, agacé, étudia brièvement l'objet et conclut :

— Aucun intérêt. Maintenant vous me fouillez les environs, vous finissez de relever les empreintes et vous me consignez tout ça dans un rapport : au trot !

Legay agita sa gourmette, en or elle aussi.

Autour de lui, les policiers se dispersaient, fourmis au combat dans les herbes folles. Les ordres résonnaient sous la futaie, les gendarmes opinaient du képi, s'organisaient, communiquaient, démarraient des voitures.

Adossé à un vieux chêne, Mc Cash observait leur manège. Il pensait à ce qu'il avait vu écrit à l'encre de Chine sur les rubans du cerf-volant : « Pour tes six ans, petite. »

*

D'où sortait cette gamine ? Quel rapport avec leur affaire ? L'enquête qui suivit le mena à Saint-Jean-de-Luz : interrogeant un de ses contacts à l'Erzaintza, la police autonome basque, Mc Cash apprit que quelques années après la mort de ses parents, Alice Arbizu avait été récupérée par sa tante, Itziar Aizperua, elle-même proche d'Herri Batasuna, chef du parti indépendantiste basque Unité populaire, lequel groupe ne s'était pas présenté lors des manifestations qui suivirent les dernières tueries orchestrées par l'ETA. Mieux, la tante d'Alice aurait même déclaré à cette occasion qu'un « peuple qui lutte est un peuple qui vaincra »... Le frère d'Alice, un certain Martial Arbizu, sympathisant déclaré, n'avait pas regagné son domicile depuis plus d'une semaine. Des petits détails qui corroboraient la piste indépendantiste du préfet. Le problème, c'est que Le Cairan et Arbizu se comportaient comme de parfaits amateurs. Ils avaient semé les indices derrière eux, laissé des traces, oublié des choses… Quant au pavillon de Locmaria où ils avaient trouvé refuge, le propriétaire, un certain Mavel, n'était toujours pas réapparu…

Six heures de l'après-midi : les bistrotiers préparaient les terrasses, les goélands survolaient les colombages du vieux Rennes après avoir festoyé à la déchetterie, les filles marchaient vite, les garçons faisaient du style, les personnes âgées avaient comme disparu de la ville. Mc Cash but deux bières en espérant faire passer son mal de crâne. C'est en consultant son carnet de notes, succession de listes obscures et de gribouillis illisibles, qu'il fit enfin le rapprochement entre le dénommé « Filou », l'imprimeur fantôme de *L'Ankou Magazine*, et Georges Filoc'h, ancien cadre du FLB, dont le nom avait traversé le dossier du préfet Basillac.

À croire que les amphétamines lui ramollissaient le cerveau…

*

Filoc'h habitait Rochefort-en-Terre, commune du Morbihan, une petite ferme retapée perdue au milieu de la campagne. Sorte de grizzly au pull élimé, le sexagénaire arrosait un plan de capucines lorsque Mc Cash gara sa Safrane dans la cour.

Un grand chien noir aboya une fois et vint renifler les roues du véhicule. Le policier claqua la portière, un œil sur le hangar adjacent, et avança vers la grosse tête rustique de Filoc'h. L'homme avait une voix de ténor, l'œil bleu ciel et aucune appréhension en voyant débarquer chez lui un borgne aux allures de flic.

— Qu'est-ce que vous voulez ? lança-t-il après un bref salut.

— Police, répondit Mc Cash.

— Désolé, je suis à la retraite.

— Je ne viens pas pour vous.

— Il n'y a personne d'autre ici. À moins que vous ne vouliez embarquer mon clébard. Lucky ! cria-t-il. Viens ici !

Le chien noir jappa, laissant couler un filet d'urine sur le pneu avant de la Safrane.

— C'est vous qui imprimez la revue de Le Cairan ?

— Oui.

— Vous savez que rien n'est légal dans cette affaire ?

— Oui. Par contre ce qui est légal, c'est les paradis fiscaux, les parachutes dorés et autres stock-options pour éviter de contribuer aux charges de la collectivité et virer des types qui en bout de chaîne viendront nous quémander de quoi bouffer pendant que les zigotos qui ont fomenté le coup se gavent de dividendes.

Il posa son arrosoir, les yeux pétillants d'une rage intacte.

— Vous paraissez bien au courant de la mondialisation pour un ancien chef du FLB, insinua Mc Cash.

— La révolte n'a pas de frontières.

— Toujours gauchiste ?

Filoc'h haussa ses épaules de pilier.

— L'autonomie, c'est de l'histoire ancienne : le monde a changé.

— Fine analyse. Et Le Cairan, il partage ce type d'idées ?

— On milite un peu pour un monde un peu moins con.

— C'est-à-dire ?

— Rien de bien méchant. Pour foutre la merde, la vraie, il ne suffit pas de refuser de se lever pour Danette.

Mc Cash eut un rictus déplaisant :

— Et il vous paye pour imprimer ce genre de conneries ?

— Non : c'est moi qui offre.

— Comment ça ?

— Ça coûte cher l'édition. C'est, disons, ma contribution à la société de consommation. Je n'ai pas besoin de beaucoup d'argent, la maison est à moi et puis l'imprimerie, c'est pour le plaisir…

Il se tourna vers le hangar au fond du jardin.

— Hum… Bon, et Le Cairan, vous l'avez vu quand pour la dernière fois ?

— Fin juin, répondit-il, pour la publication du prochain numéro.

— Il paraissait comment ?

— Triste.

— Ah ouais ? Pourquoi ?

— Ça vous intéresse les histoires de famille ?

— Passionnément.

Filoc'h enfonça les mains dans les poches de son vieux jean.

— Fred espérait obtenir la garde de sa petite sœur.

— Et alors ?

— Je ne sais rien de plus mais comme il n'a pas donné de nouvelles…

Le borgne alluma une cigarette.

— Vous connaissez sa famille ?

— Pas intimement.

— Et Alice Arbizu ?

— Alice ? reprit Filoc'h d'un air étonné.

— Vous la connaissez d'où ?

— Elle est venue manger un soir.

Visiblement, le souvenir était bon.

— Vous connaissez sa tante, n'est-ce pas ?

— De nom. Nous n'avons pas la même conception de la région…

— Et son frère, Martial ?

— Je connais pas de Martial.

— Un sympathisant de l'ETA.

— Connais pas.

— Et Alice ? C'est une autonomiste ?

— Ça m'étonnerait, estima-t-il, par contre c'est certainement une fille intéressante. Elle a de l'imagination, de l'humour, et c'est un joli brin de fille.

— Fred et elle sont amants ?

— Ça m'étonnerait aussi.

— Pourquoi ?

— Fred n'est pas très clairvoyant en ce qui concerne les filles. Il tombe toujours sur des tarées.

— Du genre Alice Arbizu.

— Plutôt son contraire.

L'homme esquissa un sourire. Pas Mc Cash :

— J'ai de bonnes raisons de croire qu'Alice a offert un revolver à Fred.

— Pour quoi faire ? s'étonna Filoc'h. Fred n'a jamais été intéressé par les armes.

— Il y a des pervers qui savent très bien comment pousser des êtres vulnérables à des actes répréhensibles.

— Ce n'est pas l'impression que m'a laissée Alice.

— Peut-être que vous vous faites vieux, qu'on vous roule en moins de deux.

— Vous vous fourrez le doigt dans l'œil, mon vieux.

Mc Cash eut un petit sourire mauvais.

— Vous croyez Fred et Alice capables de faire des bêtises ?

— C'est drôle, éluda Filoc'h, pas plus tard qu'hier deux de vos collègues sont venus me poser la même question.

— Je n'ai pas de collègues. C'était qui ?

— Un gros en sueur et un maigre, tout sec.

Tuvier et Orsillard. Des types de la DST. Il les avait vus traîner autour du bureau de la commissaire en compagnie de Legay. Soupçonnaient-ils Le Cairan ? Cherchaient-ils à l'entendre comme témoin éventuel du meurtre ?

— Qu'est-ce qu'ils ont demandé, ces deux flics ?

— Si j'avais vu Fred, fit l'imprimeur. J'ai répondu la même chose qu'à vous.

— C'est tout ?

— Non : ils m'ont aussi demandé si un grand borgne avec une tête de con n'était pas venu me poser des questions ces temps-ci.

— Marrant. Alors ? Fred et Alice, ils sont capables de passer à l'acte ?

— Oui, ils aiment bien faire des conneries.

— Quel style ?

— Eh bien, par exemple acheter un appareil jetable et le jeter dans la rue.

Lucky flaira les chaussures anglaises du policier.

— Vous vous foutez de ma gueule ?

— Si je me foutais de votre gueule, vous en seriez sûr, inspecteur. Maintenant si vous voulez mon avis, Fred et Alice sont moins dangereux que vos collègues. Et s'ils étaient mêlés à l'affaire du député, car vous y pensez n'est-ce pas, ils ne prendraient jamais le risque de venir dans la maison d'un autonomiste à la retraite… Les jeunes sont bêtes mais il y a des limites.

Mc Cash acquiesça, toujours en proie à ses nausées.

— Vous m'appellerez si vous avez de leurs nouvelles ?

— Ha ha !

Mc Cash avait envie de lui filer une paire de baffes mais Filoc'h avait joué franc-jeu avec lui – il en allait de l'avenir de son imprimerie clandestine.

14

Le bout du nez

L'incident sur le bord de la route n'avait duré qu'une poignée de secondes mais Martial en garderait les séquelles. Son visage était sérieusement éraflé, voire lacéré après son éviction dans les ronces du fossé et son nez, tailladé de toute part, lui faisait mal, surtout lorsqu'il pinçait ses narines. Il se taisait cependant : ils avaient perdu Alice par sa faute – c'était du moins la version de Luis. Il était même catégorique sur le sujet : à l'entendre, le Basque ne savait pas ce qui le retenait. De quoi, Martial n'en savait rien et ne voulait pas le savoir. C'est qu'il commençait à lui foutre les jetons, ce type, avec ses excès de violence incontrôlée, sa paranoïa et ses petits yeux vitreux qui vous regardaient de biais, méprisants…

Après qu'un paysan eut sorti la BM du fossé où son manque de sang-froid les avait précipités, ils reprirent la route en quête des fugitifs. L'ambiance, déjà tendue, virait à l'hostilité : quoique non déclarée, la guerre couvait. Martial avait la trentaine rondouillarde, l'intelligence pratique d'un employé de banque et la tonicité d'une limace : Luis l'écraserait, c'était juste une question d'humeur, il le sentait trop bien… Heureusement, ils retrouvèrent leur trace deux jours plus tard – un bled sur la côte, Locmaria-Plouzané, où le couple semblait résider : ils n'avaient qu'à suivre la mer jusqu'aux rochers de Trégana, c'était le petit chemin sur la gauche… Luis ne remercia pas les commerçants du village : la maison semblait vide.

— *¡Hija de puta!* feula-t-il.

La fouille du pavillon ne donna pas grand-chose : des vêtements, quelques dessins, des papiers (notamment une série de cocottes) et un message sibyllin, trouvé plié sous les mégots d'un cendrier :

Que dirais-tu de prendre le large ?
[ ] seuls les anges ont des ailes
[ ] rien
[ ] TRM

Martial avait formellement reconnu l'écriture d'Alice.

La petite garce.

Luis eut l'idée d'appuyer sur la touche bis du téléphone de la maison. Si Alice avait séjourné ici, elle pouvait avoir passé des coups de fil. Après plusieurs tentatives infructueuses, il finit par tomber sur une espèce de demeuré qui prétendait diriger une colonie de vacances.

Le Basque n'était rapide qu'avec ses poings : il lui avait fallu plusieurs jours pour comprendre qu'Alice les menait par le bout du nez.

15

Avec lui, c'était pire

Mc Cash s'était juré de coucher avec la première venue sitôt cette affaire classée, or :

1. Cette affaire n'était pas terminée, elle piétinait même, avec les flics de la DST sur ses talons.

2. Il avait trompé Angélique des milliers de fois, parfois avec des femmes qu'il connaissait à peine, la sienne n'était pas le genre à tendre l'autre joue et elle l'avait quitté (deux fois) avec pertes et fracas. Le plus stupide dans l'histoire, c'est que depuis son départ et hormis la fille-qui-venait-chez-lui-avec-son-clébard, Mc Cash ne la trompait plus. Oui, se disait-il, il fallait vraiment être débile.

3. Les amphétamines frelatées avaient dû débrancher quelques prises dans son cerveau, il se retrouvait dans le noir, tâtonnant et incapable de fourrer les bons fils dans les bonnes prises, ce qui n'allait pas l'aider à trouver une femme digne de ce nom.

4. Gwenaëlle Magadec n'était pas la première venue…

Minuit trente-deux, premier étage de la rue Duguesclin : la lumière filtrait sous la porte de l'appartement. Mc Cash appuya sur la sonnette, un truc kitsch en forme de rose des sables, avec sa tête des mauvais jours. Gwenaëlle apparut, vêtue d'une robe longue fendue aux mollets.

— Tiens tiens, dit-elle. L'inspecteur Mc Cash…

Son demi-sourire flirtait avec l'ironie. Trop mal en point pour tenir une conversation sérieuse, il lâcha :

— Je passais voir si vous n'aviez pas des nouvelles de votre copain, là, Fred…

— Vous auriez aussi pu téléphoner, rétorqua-t-elle sans façon. Non, aucune nouvelle.

Un peu de peau apparaissait par l'échancrure de sa robe.

— Vous savez si Fred a de la famille, hormis ses grands-parents ? demanda-t-il.

— Je sais que ses parents sont morts il y a quelques mois dans un accident. Pourquoi ?

— Il a une sœur, une nièce ?

— Un de ses frères s'est suicidé l'année dernière, mais dans mes souvenirs il n'avait pas d'enfants.

— D'autres frères et sœurs ?

— Je crois que Fred ne les voit pas. Personne de sa famille à vrai dire. Ça ne s'est jamais bien passé entre eux, d'après ce que j'ai compris.

— Ce n'est pas en menaçant son pépé que les choses s'arrangent.

— Peut-être que Fred a ses raisons.

— Vous les connaissez ?

— Non. C'est un pudique dans son genre. Même tout nu il a l'air habillé.

— Vous avez de l'humour, mademoiselle.

— Gwenaëlle.

— Donc vous ne pouvez pas m'aider.

— Ça dépend pour quoi, fit-elle. Les histoires de famille, ce n'est pas mon fort.

Mc Cash comprenait ça.

— Et Philippe Mavel, vous le connaissez ?

— Philippe quoi ?

— Mavel.

— Non. Pourquoi, je devrais ?

— C'est un copain de Fred, hasarda-t-il.

— Je ne connais pas tous ses copains, dit-elle. Heureusement.

— Pourquoi ?

— Ils font trop de bruit pour moi.

Mc Cash grommela. Il n'avait toujours aucune nouvelle du propriétaire du pavillon où Fred et Alice avaient séjourné : sa petite enquête l'avait mené à Angers, où un maître zen lui avait signalé que Philippe était parti deux jours plus tôt, *a priori* pour rentrer chez lui. Seulement personne n'avait de ses nouvelles depuis… Gwenaëlle sembla se rappeler quelque chose :

— Dites donc, c'est vous qui avez mis le bazar chez Fred ? Quand je suis montée arroser ses plantes, c'était pire que d'habitude !

— Vous avez les clés de son appartement ?

— Oui, il m'a prêté son double. Il devait m'enregistrer un film au ciné-club…

Les flics de la DST ? Comme le policier semblait perdu dans le silence de ses pieds nus, elle ajouta :

— C'est tout ce que vous avez à me dire ?

— Non, fit-il en relevant la tête. Par hasard, vous ne savez pas à quel mariage Fred s'est rendu le soir du meurtre ?

— Non.

— Du côté de Saint-Malo vous avez dit ?

— Oui, je crois.

La minuterie de l'escalier s'éteignit brusquement, laissant Gwenaëlle dans le contre-jour du couloir. Un chat passa les moustaches par la porte et fila dans l'escalier.

— Oh non ! Arturo ! Reviens !

Mais les chats ne reviennent pas comme ça. Quand elle poussa le bouton orange de la minuterie, Mc Cash cligna de l'œil. Gwenaëlle, déjà dans l'escalier, se retourna.

— Vous ne voulez pas m'aider à chercher mon chat ?

Des sueurs froides papillonnaient sur le front du borgne.

— Non.

Son regard lui siffla sous le nez comme une balle.

— Bon, eh bien… au revoir !

Il ne répondit pas. Les pieds nus de Gwenaëlle disparurent dans l'escalier.

D'un doigt rageur, Mc Cash effaça la larme qui s'échappait de son œil mort – cette saleté coulait toujours à l'improviste…

Dehors la pluie tombait et sa méchanceté le

rendait triste. De toute façon incapable de dormir, il regagna sa voiture de fonction et décida de rouler sous les réverbères en attendant que les amphétamines « redescendent ». Saleté de dope. Saleté de gens. Saleté d'œil. Saletés partout.

*

Vingtième étage de la tour des Horizons, le lendemain. Mc Cash reprit *Le Gai Savoir* où il l'avait laissé : page 403. À propos des gens qui détruisent tout sur leur passage, Nietzsche déclarait :

> *La volonté d'éterniser a besoin d'une interprétation double. Elle peut provenir d'une part de la reconnaissance de l'amour : un art qui a cette origine sera toujours un art d'apothéose. Mais elle peut être aussi cette volonté tyrannique d'un être qui souffre cruellement, qui lutte et qui est torturé, d'un être qui voudrait donner à ce qui lui est le plus personnel, le plus proche, donner à la véritable idiosyncrasie de sa souffrance le cachet d'une loi et d'une contrainte obligatoires et qui se venge en quelque sorte de toutes choses en leur imprimant en caractères de feu son image, l'image de sa torture…*

— Ben voyons, marmonna le borgne.

Il prépara un joint d'herbe saupoudré de cocaïne. Les amphétamines frelatées le tourmentaient toujours et il avait choisi de soigner le mal par le mal – vieille tradition catholique. Il s'assit dans le canapé acheté le jour où il avait appris que son père était mort en tombant sur la tête, alluma la télé, coupa le son et aspira de longues bouffées âcres, son œil torve sur l'écran.

À la télévision, une banque proposait n'importe quoi pour qu'on lui confie notre argent.

L'épisode de la 504 abandonnée en pleine forêt avait laissé des empreintes, des soupçons et un cerf-volant destiné à une gamine de six ans – elle venait de les avoir. La sœur de Fred… Leurs parents s'étant tués au printemps à la suite d'un accident de la circulation, Frédéric avait fait une demande au juge des Affaires familiales afin de devenir le tuteur de la gamine, demande qui avait été rejetée : les grands-parents avaient obtenu la garde exclusive de l'enfant… Fred et Alice avaient abandonné la voiture, ils se sentaient donc traqués. Dans ces circonstances, pourquoi continuaient-ils à faire des cadeaux à sa petite sœur ?

L'œil dans le vague, le policier regardait défiler les images sur l'écran. Nouvelle fraude fiscale, tout le monde était dans le coup mais rien n'évoluait. Changement de sujet : la blonde de France 3 Ouest sourit d'un air mutin à son collègue et voilà les restaurateurs qui se plaignaient du mauvais temps. Interview d'un chef cuistot tout rouge sous sa toque, deux images de vacanciers et retour sur la blonde qui effectua la transition avec le sujet suivant, à savoir un petit reportage sur les îles bretonnes en période estivale. On voyait des touristes grimper la passerelle d'un ferry, deux mots du capitaine, genre vieux loup de mer en chemise blanche, puis retour sur les touristes en short avec des gosses sur les épaules, et là il reçut comme une claque venue de loin, violente, imprévue : Le Cairan, en arrière-champ, là, à la télé !

Dérives d'un esprit tourmenté ou hallucinations de drogué ? Au second plan, debout contre un vélo, sur le quai, on le voyait de face… et puis le plan fut coupé, il avait disparu.

Le borgne se dressa sur le canapé. Il éteignit la télé et joignit les services de France 3. Quand avait-on tourné le reportage sur les îles ? Hier matin ? Ne plus toucher aux bandes. Avait-on gardé les rushes ? Très bien – il arrivait.

*

Dans les locaux de France 3, les gens paraissaient tendus à son approche. Jeune c'était pareil : d'instinct, on se méfiait de lui. Ce grand escogriffe n'était pas comme tout le monde – mais bon Dieu, il ne le faisait pas exprès ! Se fondre aux autres, il ne demandait que ça : c'étaient eux qui le repoussaient, qui le mettaient à l'index, les gens, toujours les gens ! Mc Cash n'avait rien digéré. Ni Nietzsche, ni le départ d'Angélique, ni rien. Il marchait comme un automate au milieu du couloir.

On l'amena dans une salle de montage. Augurant une nuit blanche, le policier avala une poignée d'amphétamines, se rendit compte trop tard qu'il s'agissait des mêmes que l'autre jour, celles qui lui écharpaient la cervelle. Quel abruti, il se maudit dans sa barbe. Un journaliste avec une queue-de-cheval lui parlait, secondé par un monteur, lequel lui adressa un vague signe de la main. Enfin, les trois hommes commencèrent à visionner les rushes du journal télévisé.

Le sujet était court. Des séquences défilèrent sur l'écran : le monteur accéléra le flux d'images en actionnant ses manettes. Efficace, il retrouva vite la séquence : elle était maintenant plus longue, plus précise… Arriva le plan entrevu un peu plus tôt. La caméra resta un moment en plan fixe sur le quai. Arrêt sur image, agrandissement. Plusieurs essais. Il avait les cheveux plus courts que sur la photo mais le doute s'était mué en certitude : il s'agissait bien de Le Cairan. Il parlait avec une fille aux cheveux rouges qui ne pouvait être qu'Alice…

— Toute la séquence a été tournée sur le quai du port ? demanda-t-il dans la salle enfumée.

— Non, juste ce passage.

— Et le ferry, il effectuait quel trajet ?

— Lorient-Groix, déclara le journaliste. On a fait un sujet sur le capitaine qui prenait sa retraite.

La nuit était tombée sur l'avenue Janvier quand Mc Cash sortit des locaux. Face à Legay et ses hommes, les fugitifs n'avaient pas une chance sur mille de s'échapper. Avec lui, c'était moins.

16

À la gîte

Trois heures de l'après-midi à l'embarcadère des ferries : les bras encombrés de sacs, je déambule sur le quai du port de Lorient. L'endroit est dangereux mais pour le moment, tout va bien : sur le quai, c'est la foule des grands jours – Alice.

— Qu'est-ce que tu as fait à tes cheveux ? je lui demande.

— Bah ! j'ai fait comme toi, je les ai coupés.

Ça me fait drôle de la voir avec les cheveux courts – en plus ils sont rouges après son passage chez le coiffeur pour dames –, mais au final, c'est vrai que ça lui va plutôt bien.

— Ça fait un peu garçon manqué mais c'est très réussi.

— C'est vrai, tu aimes bien le rouge ?

— Bien sûr, je suis pas une brute.

Elle passe la main sur son nouveau pull, un bleu :

— À toi aussi ça te va bien les cheveux courts.

J'ai rasé ma tignasse brune sans états d'âme. Ça me durcit le visage mais on ne voit plus que mes yeux de fouine et l'air brûlant d'angoisse qui doit flotter dedans.

— L'essentiel, c'est que personne ne nous reconnaisse. Tu as vu des caméras de surveillance ?

— Non, mais il doit y en avoir partout. Tu as les tickets ?

— Oui : allons-y.

Nous poussons les vélos jusqu'à la passerelle. La navette du matin attend, carcasse flottante dans l'eau croupie du port. Fuyant le regard aimable du personnel à casquette, nous grimpons à bord, rangeons les vélos et prenons place sur la plate-forme arrière. Alice s'accoude à la rambarde et scrute l'eau du port, songeuse. Le pont s'est rempli peu à peu de gens qui, paradoxalement, ne prennent leur temps qu'en vacances. Enfin, une sirène envoie du gasoil dans les nuages ; sur le quai, des mains s'agitent. Le bateau dépasse les grues et les entrepôts qui jouxtent la base militaire. Le continent s'éloigne au pas de l'écume.

— Tu ne parles pas beaucoup depuis ce matin.

— Je suis un tueur en cavale, pas une pipelette.

Alice hausse les épaules, s'adosse à un container et entame son nouveau livre, *Esthétique de la disparition*, de Paul Virilio. Plus terre à terre, je me tourne vers le *Ouest-France* du jour, que consulte mon voisin. Malgré la brise qui chiffonne la manchette, on peut lire, en bas à droite :

« Meurtre du député : les enquêteurs sur la piste des réseaux indépendantistes. »

N'importe quoi.

Bizarre tout de même. Comment les flics ont-ils pu ne pas faire le lien avec le carnet que m'a offert Alice ?

Hasard ou coïncidence, elle connaît des gens sur l'île de Groix, notamment un type dont le métier consiste à amarrer les bateaux venus du continent : c'est vers lui que nous nous dirigeons après l'accostage, poussant nos vélos lourdement chargés.

— Comment il s'appelle déjà, ton copain ?

— Fifi. C'est un ours mais il est sympa, tu verras, prédit Alice.

Fifi porte un jean et un polo Lacoste vert aussi défraîchi que sa mine. On lui donne entre quarante-cinq et cinquante ans mais, au teint du bonhomme, je me doute bien qu'il en a facilement dix de moins : râblé, la barbe brune et drue, deux yeux coupants, le nez comme un chou rouge et les mains comme des cailloux.

— Salut ! lance Alice à l'homme qui s'affaire sur le quai.

— Tiens tiens…, répond l'ours en l'apercevant. Regardez-moi qui revient dans les parages…

Il aurait dit la même chose du loup dans la bergerie. Belle bagarre.

— Ça fait un moment, hein ? sourit-elle en passant le doigt dans un trou du polo.

— Qu'est-ce que tu fous avec les cheveux rouges ?

— Je me balade.

— Je préférais avant, raille-t-il.

— Toujours aussi réac'.

Fifi ricane quand il voit ma figure dans son dos. Il lâche sa touline avant de maugréer :

— Ah ! T'es chiante : t'es encore venue avec un mec !

Curieusement, je me sens flatté de ma position de bon dernier. Juchée sur la pointe des pieds, Alice marche en se tortillant autour de Fifi – elle fait la Barbie.

— Fred, je te présente Fifi !

— Ça s'arrange pas toi, hein ? renvoie-t-il avant de me désigner d'un coup de tête. Bon alors, d'où il sort celui-là ?

Elle redescend de ses orteils.

— Je l'ai trouvé sur le bord de la route. Tu sais comment je suis, toujours à me laisser attendrir.

— Ouais, ben en attendant, le dernier que tu as attendri est toujours au fond du port.

— Ah bon ? Qui ça ?

— Tu te souviens de Paulo ?

— Celui qui jouait aux fléchettes toute la journée ?

— Non, ça c'est Momo. Non, Paulo : celui qui vivait dans une cabane au fond d'un jardin, chez sa mère…

— Ah oui !

— Ben il s'est noyé, une nuit.

— Ah bon ?

— Ouais. On l'a repêché le lendemain dans le port.

Fifi cajole sa barbe comme s'il s'agissait d'un petit animal familier.

— Encore bourré, j'imagine, fait Alice en guise d'épitaphe.

— Bah ! Je crois qu'il en avait marre du caillou…

J'écoute leurs divagations d'une oreille distraite, plus préoccupé par la camionnette de la gendarmerie garée près du port. Comme l'employé municipal ne semble toujours pas disposé à me serrer la main, j'observe Port-Tudy. L'île de Groix engloutit son nouveau lot de vacanciers, foule hétéroclite où se mêlent shorts, caméscopes, glacières, sacs à dos, VTT, 4 × 4, et même une équipe de télévision, installée sur la cabine du capitaine. Il ne manque plus qu'on m'arrête en direct, tiens…

— Tu sais où on peut planter la tente ? demande enfin Alice.

— Y a des campings.

— Oui, mais on n'aime pas les gens en tongs. Tu connais un endroit tranquille ?

— Dis donc, t'es gonflée ! s'emporte le barbu, péremptoire. Tu débarques à l'improviste, avec un mec en plus, et il faudrait encore trouver un endroit pour planter ta tente !

— Oui.

— Avec l'autre, là !

Je me tourne vers eux : Alice me regarde comme si j'étais un cheval.

— Oui oui, celui-là…

Tout ce cirque commence à m'agacer. Fifi sort alors le petit sourire qu'il cachait dans sa barbe.

— Bon, acquiesce-t-il, au pire, y a mon jardin…

*

Avec le soir, la plage des Curés s'est comme qui dirait défroquée : Alice est partie se baigner vers le large, nue comme toujours. On ne distingue plus que sa tête, petite tache rouge dans la lumière rasante du crépuscule. La plus belle heure de la journée. Les verts crachent de la chlorophylle, les bleus flirtent avec la mer, même la roche engloutit les ombres… J'empoigne le bic noir qui accompagnait le revolver dans la boîte à chaussures : la feuille à cigarette laissant peu d'espace à la confession, je vais à l'essentiel.

À ce jour, chez les Viocs…

À dix ans, je ne savais rien, ou pas grand-chose : je n'étais qu'un mioche, un rien-du-tout qu'on plantait çà ou là, une mauvaise graine comme ils prédisaient, toujours prêt à mordre la main qu'on ne me tendait pas, un loup en gestation, ou son symbole articulé, pour ça, les qualificatifs tordus ne manquaient pas… Chez les Viocs, une gamine venait parfois le dimanche. Sandrine, elle s'appelait. Elle n'avait pas douze ans mais à mes yeux de vaurien, elle en paraissait quinze. La pie qui l'accompagnait était une amie de la famille. Pendant que les Viocs alimentaient la conversation dans le salon, on envoyait la gamine monter jouer avec moi. Obéissante, Sandrine faisait ce qu'on lui disait. Le problème, c'est qu'elle ne disait rien. Elle attendait, sous ses cheveux bruns, qu'un rêve passe et l'emmène loin.

J'y pensais aussi, vu qu'on semblait dans le même bain. J'aurais bien voulu en parler avec Sandrine mais elle ne comprenait rien. Rien du tout… Un vide sidéral la traversait des pieds à la tête.

Un après-midi, alors que les autres avaient sorti le rami sur la grande table du salon, je m'étais retrouvé une fois de plus dans la chambre du haut avec cette Sandrine. C'était en été.

— Pourquoi tu ne parles pas ? je lui disais. Tu es sourde ou tu t'en fous ?

Elle ne bougeait pas, assise sur la chaise du bureau, seule avec son grand mystère. J'ai continué :

— Et si je t'embrasse, tu ne diras rien ? Ça te plairait même ? Dis ? Sandrine ? Je peux t'embrasser ?

J'étais culotté, comme tous les traîne-savates. J'avais dix ans. Je ne savais rien. J'avais tout oublié. Au fur et à mesure. Un vaurien on vous dit. Alors je l'ai embrassée, sur la bouche. C'est par là qu'on commençait. Sandrine se laissait faire. Même la langue, elle s'en fichait. Pas moi. J'avais vu ça dans les films, des couples qui se pourlèchent pendant des heures en soupirant longuement.

— Tu sais danser ? Hé ! Sandrine ? Tu sais danser ?

Le silence dura un moment. Alors je l'ai prise par la main. Sandrine était plus grande que moi, pas bien belle mais déjà formée. En bas, on entendait la Vioc s'esclaffer : sûr que le Vioc avait posé son jeu d'un coup, sans prévenir, en roublard : ça l'impressionnait toujours, la gourde. On a essayé de danser un peu dans la chambre mais Sandrine non plus ne savait pas. Elle souriait mollement. Qui sait, peut-être qu'on ne l'avait jamais fait danser ? Alors je me suis lancé :

— Et si je passe ma main sous ta robe, tu ne diras toujours rien ? Ça te plaira même ?

Silence de mort dans la chambre. Je n'étais qu'un mioche mais je sentais la boursouflure dans la poche de mon pantalon. Une boursouflure qui me soufflait « vas-y grand con, tu vois bien que c'est dans la poche »… Je plongeai la main dans sa culotte. Réaction nulle. Ma main frotta sa toison drue, descendit plus bas, se rétracta. Objet non identifié. La fille ne manifestait rien, debout sur la moquette, impassible. J'aurais pu peloter une statue avec le même engouement. Sa robe ne pesait rien. Ma main faisait tout.

Il fallut un bruit suspect au rez-de-chaussée pour que je revienne à la réalité. Saisi par la peur, j'ai reculé vers le mur, vu Sandrine immobile contre le rebord du bureau, les bras ballants. Je la regardais, hébété, la suppliant de faire quelque chose, un geste, n'importe quoi, en vain : ses yeux regardaient le plafond, vides. Malades et vides…

Sandrine avait rencontré le loup.

*

Chez Ti Beudeff, la bière est bretonne et la blanche hermine à toutes les sauces. Coude au comptoir, postillonnant sur le premier venu, Fifi raconte ses histoires d'autochtone à qui veut l'entendre. Ce soir, c'est notre tour. Il dit qu'il a vu toutes ses copines s'enfuir sur le continent, une à une, c'est comme le sang de l'île qui fuit comme d'un animal pendu à un crochet, ajoute que la vie ne vaut pas un clou et qu'il nous emmerde tous. Je l'écoute en pensant à autre chose tandis qu'Alice aligne les bières. Enfin, quand Fifi en a assez de tout ce cirque, il jette sa main par-dessus sa tête et lance à la cantonade :

— *Kenavo*, enculés !

De toute façon, c'est l'heure de la fermeture. Je prends la main d'Alice et la tire au-dehors.

Il y a un endroit tranquille près de la plage des Curés, le Trou de l'Enfer, ça ne s'invente pas, où je compte expédier mon sale petit secret. Alice a tout préparé. Je la suis sur le chemin, songeant toujours à Sandrine. Une autiste sans doute… Bon Dieu, moi qui me prétends pacifique, d'où puis-je tenir toute cette violence ? Les parents avaient l'air de deux égoïstes inconséquents, pas d'obsédés sexuels qui m'auraient inoculé leur virus pour que j'agresse la première venue… Les Viocs ? Si la grand-mère avait le sex-appeal d'un gnou malade, son mari Henri semblait n'avoir pas bandé depuis la guerre d'Algérie. Non, c'était moi le seul coupable, moi seul qui avais sali le corps de cette fille sans défense, c'était moi le loup… J'en suis malade. Pauvre Sandrine. Qui sait ce qu'elle est devenue, ce que j'ai pu provoquer dans son cerveau ultrasensible, abusant de sa faiblesse comme une saloperie de profiteur de guerre. La jeunesse n'explique pas tout. Il y a quelque chose derrière tout ça, un fantôme dans le placard…

Alice me tend le revolver, chargé, sans un mot.

Je marche jusqu'au précipice, le Trou de l'Enfer, guidé par la lune. La mer gronde à mes pieds, à peine visible dans la nuit, les embruns jaillis de la saillie rocheuse viennent fouetter mon visage échaudé par la confession. Je me tiens penché audessus de la béance. Je serre la crosse du revolver dans ma paume et, évitant ma bonne étoile, balaie du canon la voûte céleste. La lune est pleine, belle en diable. Je songe un instant à cette part d'opacité que je traîne depuis mon enfance et attends le choc du prochain rouleau sur les rochers pour presser la détente : quelque chose comme le remords se plante dans le cratère de droite.

Restes-y.

*

— Tiens, Co !

Émilienne, la patronne du Café du Port, appelle tout le monde « Co ». Si on n'aime pas ça, il faut changer de bistrot.

Plongé dans les pages d'informations générales de *Ouest-France*, je fais la moue en évaluant le port – toujours aucun lien entre le carnet et la mort du député… Serait-ce ma chance ? Près de la capitainerie, des gens s'agglutinent : la navette du matin va bientôt débarquer son quota de visiteurs, silhouettes encore indéfinies dans l'azur.

Fifi attend sur le quai, son vieux Lacoste et sa gueule de bois sur le dos… C'est un mercredi : je lis la rubrique de Charb dans *Charlie* quand Alice plaque la main sur mon bras.

— Oh ! Fred, regarde…

Je suis ses yeux bleus jusqu'au quai bondé. Soudain, je vois.

Il est là, sur le pont du ferry, avec son bandeau noir. Au milieu des gens en short, il paraît tranquille, le monstre borgne contre la rambarde… Déjà le bateau largue les amarres. Je me lève, les ongles d'Alice toujours plantés dans mon bras.

— Tirons-nous.

On empoigne les vélos enlacés contre le muret d'en face et commençons à zigzaguer à contresens de la petite foule qui afflue vers le port. Le cyclope a mis le pied sur notre île. En restant ici, nous sommes fichus, rétamés, il faut déguerpir en vitesse, tant pis pour les affaires, tant pis pour tout.

— Les Grands Sables ! crie-t-elle en se déhanchant. Y a toujours un mouillage là-bas !

Un mouillage. Des bateaux. Un moyen de s'en sortir. Filant sur les accotements, on se met à sprinter. L'ombre de la Justice nous poursuit jusque sur les dunes. Blanc, ocre, jaune, le sable fait ses gammes. Plus loin, paissant au hasard, une dizaine de voiliers s'éparpillent dans la baie.

— Bon, lequel ?

— Pourquoi pas le jaune, là-bas : l'*Écume des mers* ! lâche Alice en montrant du doigt un rafiot garé en travers.

Nous envoyons valser les vélos dans les chardons et dévalons la dune jusqu'au rivage, quasi désert avec le temps maussade : un groupe de gamins, quelques mères à leurs basques, mais aucune annexe en vue.

— Il va falloir se mettre à l'eau, dit Alice, connaissant ma phobie pour l'élément liquide.

Une boule se fiche dans ma gorge. Elle abandonne ses tennis blanches et son pantalon trop grand sur le sable.

— Y a plus de cent mètres, je ne vais jamais y arriver ! protesté-je, le bateau jaune en ligne de mire. Je te l'ai dit, je nage comme une outre !

— Eh bien, cette fois-ci tu nageras comme une loutre : sur le dos, c'est moins fatigant. Allez ! fait-elle en bourrant les K-Way dans son sac à dos.

Alice fixe le sac sur son ventre et, sans même prendre le soin de se mouiller la nuque, se jette dans l'eau glacée.

— Fais comme moi ! crie-t-elle pour m'encourager.

Comme si j'allais apprendre à nager à l'envers. Je maugrée, pris entre deux peurs. Sur la plage, personne ne fait attention à nous. Alice slalome déjà entre les nids d'algues sombres, froide et mécanique.

— Qu'est-ce tu fous, putain ?!

Je me dévêts enfin, trempe une poignée d'orteils, étouffe un cri, puis deux, puis me laisse submerger jusqu'au cou avant de commencer à nager. Je me mets bientôt à flotter, n'importe comment.

— Tu vois que tu sais nager ! lance une voix devant moi.

— Tu p…

Je bois la tasse, manque de paniquer, pense au flic et agite les jambes. À force d'avancer en reculant, je m'épuise vite. Le bateau jaune semble de plus en plus loin et le froid me saisit le cœur. Quelque chose m'attire vers le fond, une force invisible qui me happe… Alice a disparu : pataugeant à la vitesse d'une foulée d'oisillon, je ne vois bientôt plus que les clignotants du soleil sur la mer et ma peur, bien réelle. La technique n'est pas si mauvaise car, au bout d'un moment, je ne sens plus rien, ni mon souffle ni mes bras – il y a longtemps que mes jambes ont sombré au fond de l'eau. Iceberg vivant dérivant jusqu'à la coque, je ne vois pas plus Alice se hisser sur le pont désert de l'*Écume des mers*.

Personne sur le monocoque voisin : elle empoigne le revolver dans son sac et courbe l'échine en direction de la cabine, approche à pas de loup. Agrippé aux barreaux de l'échelle, je reprends péniblement mes esprits.

Quand je rejoins ma complice, elle braque le calibre .44 sur un couple de jeunes. Occupés à cuire des moules, ils ont plus l'air surpris de cette intrusion que terrorisés. Le type est un grand blond aux yeux rieurs, la fille a les cheveux noirs tirés en arrière.

— Qu'est-ce que vous voulez ?

— Partir, répond Alice. Sur-le-champ.

Le type regarde le revolver calé contre son

tee-shirt mouillé : saisis par le froid, deux mamelons jaillissent. De l'autre côté du carré, la brune se ferme comme une huître.

— S'il vous plaît, ajoute Alice.

Encore haletant après ma traversée, j'observe la scène, les yeux fous. Ceux du type sont bleus à ciel fendre.

— De toute façon, nous comptions partir aujourd'hui, dit le propriétaire du voilier : Cécile est enceinte et nous avons rendez-vous demain pour l'échographie…

Loin de se laisser attendrir par ses beaux discours natalistes, Alice a toujours le revolver braqué sur leur ventre préféré.

— Ne perdons pas de temps, dit-elle.

Vincent, l'homme qui conduit le bateau, s'active sous nos regards inquiets.

— Vous feriez mieux de ranger votre pétoire, dit-il en classant ses bouts. Des fois, ça part tout seul ce genre de joujou… Quoique celui-là doive être complètement mouillé.

Alice hausse les épaules pendant que sa compagne hisse la grand-voile. Avec son pull en laine, on ne devine pas qu'elle est enceinte.

— On peut vous aider ? dit Alice, pressée.

— Non non, merci…, répond Cécile.

Sa voix est plus douce que ses yeux. Sur le rivage, toujours aucun signe du cyclope. Mon cœur bat comme un tambour. Le ciel se dégage maintenant en éclaircies féroces sur l'océan : l'*Écume des mers* quitte son parking aquatique, lentement… Alice extirpe les affaires trempées du sac et, ne sachant que faire du revolver, le pose sur le roof. Assis dans un coin du cockpit, je surveille les dunes.

Vincent salue un couple d'Anglais en short à carreaux dans leur rafiot qui, en retour, brandit une bouteille de vin blanc, puis il coupe le moteur. Cécile épie le vent d'un air accusateur. De fait, une première brise manque d'emporter la grand-voile. Je scrute toujours chaque mouvement de la côte lorsque mon cœur se serre : la silhouette du flic vient de surgir sur la dune. Il est loin mais je n'ai aucun doute sur son identité.

— Aliiiiice ! soufflé-je.

Elle oublie son sac et se tourne vers le rivage. Le flic regarde dans notre direction, j'en suis sûr.

— Attention, il a des jumelles !

Je plonge avec ma complice aux pieds du barreur, qui continue de naviguer sans prêter attention à nos cabrioles. Étalée au fond du cockpit, coincée sous mon épaule, Alice fronce les sourcils : le revolver est resté sur le roof, à portée de main de Cécile.

J'ai à peine le temps de comprendre que la brune s'en empare, l'œil plus sombre que jamais. On se regarde comme Bonnie et Clyde dans le film avant de mourir, à la merci d'une femme enceinte. Cécile tend bientôt le Smith & Wesson à son compagnon, qui l'empoigne. Nous n'avons toujours pas bougé. Le genou calé contre la barre, Vincent soupèse l'objet métallique :

— C'est un calibre .44, non ?

Le canon luit au soleil, revenu le temps d'une éclaircie.

— Hum, concède Alice, enchevêtrée à ses pieds.

Le blond esquisse une manœuvre et nous tend le revolver.

— Vous n'allez pas rester là toute la traversée, dit-il, on est loin du rivage maintenant !

Je risque un œil par-dessus la ligne de flottaison : on ne distingue plus qu'une forme au sommet de la dune, qui soudain disparaît de l'azur… Bizarre.

La mer devenant cassante, Cécile part réduire le foc. Je m'accroche au bastingage, la gorge nouée par tout ce bordel ; la vie va comme le reste, à la gîte.

17
Au paradis

Une crotte de mouette s'écrasa sur le pont, à deux doigts d'une chaussette dépareillée. Mc Cash leva la tête et maudit le ciel qui n'y pouvait rien. Les amphétamines lui démolissaient le crâne. Bon Dieu, il le savait pourtant… Debout sur le pont du ferry qui menait à Groix, il avait dormi une heure tout au plus ; qu'il fût ou non en état de mener à bien cette enquête effleurait à peine son esprit. Il connaissait son tempérament dans ces moments-là : il était capable de les écraser, ces punaises, il pouvait même les éliminer, d'une simple pression du pouce. Qu'Arbizu et Le Cairan fussent indépendantistes régionaux, terroristes internationaux ou de simples crapules lui importait peu : ils étaient comme lui, de petits humains de la pire espèce.

Il respira en grand les embruns venus du large. Sur le pont de la navette, même les gamins le regardaient de travers. Il avait oublié ses lunettes noires, se sentait lessivé, prêt à en découdre avec le monde. Ça lui avait fait la même chose le jour où sa femme était repartie. À l'époque, ce n'est pas tant qu'elle le quittât qui l'avait anéanti que le constat que, cette fois-ci, elle ne reviendrait plus. Angélique était une femme redoutable, tant physiquement (ils s'étaient rencontrés dans un cours de krav-maga, la technique de combat des tueurs du Mossad) que moralement (en guise d'adieux, elle lui avait révélé avoir couché avec un de ses rares amis). À la suite de cette méchante débâcle, Mc Cash avait dressé une liste :

1. À l'inverse, si une femme est malheureuse avec un de vos amis, il est logique qu'elle trouve chaussure à son pied dans le cercle le plus proche, quitte à tomber sur vous.

2. Quitte à vous tromper, autant que ce soit avec quelqu'un de bien.

3. Lui-même avait couché avec toutes les copines d'Angélique qui le lui avaient demandé, mariées ou non.

4. Angélique était canon malgré son sale caractère et son tempérament excessif, il savait qu'elle n'aurait aucun mal à se venger de lui.

5. « La liberté, c'est le droit de se tromper », disait Brel. Mais se tromper de la même manière une deuxième fois confinait à la bêtise ou à la névrose. Angélique était déjà revenue, elle ne le ferait pas une seconde fois : plutôt crever.

À grand renfort de klaxon, la navette se rangea dans le port de Groix, d'une pittoresque agitation à l'heure du déjeuner. Mc Cash se frotta le visage. Sur le pont, un relent de mazout lui donna la nausée. Des dizaines d'humains attendaient sur le quai, les mains sur les hanches. Suivant le cortège des passagers, le borgne débarqua sur l'île au large de Lorient où France 3 avait filmé les fugitifs deux jours plus tôt. Le soleil pourtant timide l'éblouissait, sa chemise lui collait à la peau comme son amour impossible et les effets secondaires des amphétamines le rendaient agressif. Nageant au milieu du flot de vacanciers, il agrippa la manche du barbu qui amarrait le ferry.

— Dis-moi, c'est quoi le bar de l'île ?

L'insulaire, sorte d'Iggy Pop bigouden, eut un geste de recul en croisant le visage de l'étranger.

— Quel bar ?

— Celui où tout le monde va.

— Bah, chez Ti Beudeff ! fit-il, comme si c'était évident.

— C'est où ?

Le brouhaha de la foule se faisait plus dense.

— Si vous réussissez à faire cent mètres, vous y êtes, là, dans la côte qui mène au bourg…

Le policier ne releva pas ; il avait déjà bien du mal à respirer. De volets verts en volets bleus, les maisons semblaient ouvrir les bras. Mc Cash, sa maison, il la voudrait taillée dans des pierres centenaires, seule au sommet d'une falaise où gisaient des générations de suicidés, quelque part en Écosse où avait vécu son grand-père puisqu'il était tricard en Irlande, une citadelle battue par des torrents de pluie glacée qui empêcheraient quiconque de sortir, ou alors à ses risques et périls, un manoir sur la colline, loin des siens, loin de tous… Ou encore un pavillon, pour y foutre le feu.

Délirant à plein tube, il déboutonna sa chemise, évita les bicyclettes qui dévalaient la côte et pénétra dans un bar aux murs de pierres taillées. Ti Beudeff : deux salles sombres ornées de poutres, un débit de tabac, des tables de bois, des cendriers en carton pour éviter de se les mettre sur la gueule en fin de soirée, des oripeaux bretons aux murs et des promotions de produits régionaux – bière, cidre, pommeau, chouchen… Le bistrot ouvrait à peine. Afin d'enrayer le goût de médicament assez atroce qui naviguait dans sa bouche, Mc Cash commanda un verre de blanc au jeune Celte qui rangeait les tabourets.

— Tu connais ?

Il posa deux photos sur le comptoir – Fred et Alice.

— Pourquoi, je devrais ?

— Lui, c'est mon petit frère, prétendit Mc Cash. J'ai des nouvelles urgentes à lui communiquer.

— Ici faut pas être pressé, rétorqua le serveur, les oreilles criblées d'anneaux.

Le Breton, de nature, se méfiait.

— C'est important, insista le policier sur un ton doucereux qui ne lui allait guère. La fille qui est avec lui a les cheveux rouges…

Le jeune homme rangea la bouteille de muscadet dans un frigo.

— Faudrait demander à Fifi : il boit avec tout le monde…

— Ah ouais ? Et c'est qui, ce Fifi ?

— Il bosse au bateau.

— Il est comment ?

— Barbu.

Le type croisé tout à l'heure sur le quai. Mc Cash laissa la moitié de son verre de blanc, abandonna une pièce ou deux sur le comptoir et sortit d'un mauvais pas.

— Merci *Braz* ! salua le barman tandis que le borgne cognait sa hanche contre le rebord d'une table.

Il trouva Fifi à la terrasse de chez Émilienne. Rêvassant après son travail, il lissait avec application sa barbe de pied nickelé, la pipe aux lèvres. Mc Cash s'écroula sur la table où l'employé municipal entamait son quatrième demi-pression. Une fois rétabli, il demanda :

— Vous connaissez Frédéric et Alice ?

Fifi releva à peine un sourcil : depuis le temps, il savait que c'était rarement les filles qui tombaient du ciel, plutôt les emmerdes.

— Dites donc, mon vieux, vous n'avez pas l'air dans votre assiette.

— Un mauvais moment à passer, rétorqua le policier.

— C'est ce que je me dis souvent.

— Fred et Alice, expulsa Mc Cash en économisant ses mots. Il faut absolument que je les trouve.

— Ah ouais ?

Malgré sa migraine, Mc Cash reprit son souffle ; ce type n'avait pas nié les connaître. Ils étaient donc là.

— J'ai une nouvelle importante pour Frédéric.

— Ah ouais ? continua l'autre depuis sa barbe pleine de mousse.

— Au sujet de sa petite sœur…

Mais Fifi n'avait pas quitté son île pendant quinze ans pour se faire berner par un borgne tombé du ciel.

— Eh bien, on ne devrait pas tarder à les voir rappliquer : nous avons rendez-vous depuis… (Il regarda sa montre.) un bon quart d'heure.

— Vous savez où ils campent ?

— Non.

L'employé municipal observait le borgne derrière l'épais rideau de fumée issu de sa pipe, songeur : Alice avait-elle fait une connerie ?

Mc Cash s'épongea le front d'un revers de manche : s'il lui avouait son activité de flic, ce type était capable de se fermer comme une huître.

— Qu'est-ce que je vous sers, Co ? demanda Émilienne, surgissant dans son dos.

Il cligna de l'œil devant les seins lourds de la patronne, penchés sur la table.

— Un café double.

Elle allait repartir quand il la retint :

— Vous devez connaître ces deux jeunes, ils traînent dans le coin…

Il tendit ses photos et rectifia :

— La fille a les cheveux rouges.

La dame acquiesça aussitôt :

— Oui oui, ils sont venus boire un verre tout à l'heure.

— Quand ça ?

— Y a pas un quart d'heure, Co ! D'ailleurs ils sont partis sans payer, les sagouins… Dites, vous êtes sûr que ça va ? Vous avez une drôle de tête.

Mc Cash persistait à réfléchir : s'ils avaient quitté sans payer le café à l'heure du rendez-vous, c'est qu'ils l'avaient vu arriver par la navette du matin. Avec son bandeau, on ne voyait que lui… Ils s'étaient croisés chez Mavel… Acculés, ils chercheraient à quitter l'île, par n'importe quel moyen. Or il n'y avait qu'un moyen de s'échapper d'ici : la mer. Et le prochain ferry pour le continent ne partait pas avant cet après-midi.

— On peut trouver une voiture ici ?

— On trouve plus facilement des vélos, répondit l'insulaire.

— Et ça, qu'est-ce que c'est ?

Sur la table, un paquet d'Amsterdamer et un jeu de clés de voiture. Une Renault. Fifi se taisait toujours.

— Prête-moi ta bagnole, fit le borgne, je te la rendrai.

L'homme recula sur sa chaise.

— J'sais pas ce qui vous amène mais ici, on n'aime pas trop les types qui se trimballent avec ce genre de joujou, rétorqua-t-il en désignant de sa pipe le Magnum qui apparaissait sous les pans de la veste de Mc Cash.

— Je suis flic, siffla celui-ci.

— J'y peux rien. Qu'est-ce que vous leur voulez, aux jeunes ?

— Pour le moment, j'ai simplement besoin d'une voiture.

— La mienne est en réparation, mais vous pouvez toujours…

Mc Cash n'avait plus envie de discuter : au prix d'un solide effort compte tenu de son état, il attrapa le pied de Fifi et, d'un tour de main, lui subtilisa une tong. Mastiquant sa pipe, celui-ci n'eut pas le temps de protester : de la semelle, noire de crasse, Mc Cash lui gifla violemment la joue.

— Ne m'oblige pas à être brutal, *amigo* ! feula-t-il.

Fifi se tenait le visage. Sa pipe était partie au loin mais sa gueule le brûlait toujours.

— Pauvre con.

Mc Cash s'empara des clés :

— Elle est où ta bagnole ?

Il frappa sèchement le rebord de la table avec la claquette.

— Vite.

Plus qu'une menace, une question de secondes. D'un signe de tête, Fifi baragouina :

— La 4L, là, sur le quai…

Dix minutes plus tard, Mc Cash stoppait la Renault à la hauteur des Grands Sables : c'était le mouillage le plus proche, il l'avait aperçu depuis le ferry… Il claqua la portière rouillée et aborda le rivage dans un état second. Il reprit son souffle et grommela – son nez coulait et, à la texture, c'était du sang. Planté au sommet d'une dune, il extirpa sa chaussure gauche des sables mouvants et scruta la mer où les voiliers se dandinaient. Il passa la main sur son visage, effaça la larme qui coulait toute seule, saisit la paire de jumelles trouvée dans la 4L, regarda dans les trous, mais le monde bougeait trop. Saletés d'amphétamines. Le goût infect de sa bouche lui donnait envie de vomir. Il nota la présence d'une annexe vide contre les flancs d'un muscadet, un couple d'Anglais buvant du vin et un bateau jaune quittant son mouillage…

Mc Cash chercha un instant du côté des rochers mais retourna vite sur la dune, vers le voilier en partance. Cette gymnastique lui donna le tournis mais il distinguait des gens, quatre personnes, sur un pont : celle qui avait les cheveux rouges tenait quelque chose dans sa main… Alice. Le .44 Special. Ça se confirmait, ils l'avaient vu débarquer à Groix et avaient braqué un bateau pour s'enfuir.

La secousse ne fut pas forte mais ses jambes se dérobèrent. Les amphétamines, le vin blanc, le café, tout remonta d'un coup : saisi de vertige, Mc Cash perdit l'équilibre, dégringola de son piédestal et s'écrasa sur la plage.

Une, peut-être deux minutes s'écoulèrent.

— Ça va ?

Les cannes de serin d'un gamin en short de l'Équipe de France le dominaient. Il recula tandis que le policier, un filet de bave aux lèvres, expulsait le sable fiché dans sa bouche.

Le gamin était parti quand Mc Cash rajusta son bandeau de cuir déplacé durant la chute. Une fois debout, il évalua leur avance, cette tache jaune au milieu de l'Atlantique, sans tenir compte des goélands qui tournoyaient au-dessus de lui… Les petits salopards ne l'emporteraient pas au paradis.

18

Une belle bleue

L'île de Groix s'éloigne sous les embruns soulevés par le voilier, vent arrière. Cette fois-ci, c'est la débandade : outre les K-Way et les maillots, il nous reste une liasse de billets de banque ruisselants, des livres et des carnets trempés, des cigarettes en miettes, un briquet qui refuse de montrer sa flamme, une trousse et des crayons pour dessiner l'invisible.

— On n'a même plus de chaussures.

Consciente de notre détresse, Cécile propose une tournée de café. Nous ne savons pas comment le flic nous a retrouvés mais Alice est d'accord, il ne fait pas bon retourner à terre. Un plan antiterroriste a dû se mettre en place, à l'heure qu'il est la côte est bouclée, les ports surveillés, toutes les issues bloquées… L'idée de passer la frontière s'avérant totalement fantasmagorique, nous optons pour la solution la plus improbable : aller sur une autre île.

Le voilier cingle vers le large.

— C'est quoi l'île la plus proche ? crié-je au capitaine. Belle-Île ?

— Oui.

— C'est là qu'on va.

Vincent hoche la tête en connaisseur. On aperçoit déjà la côte en pointillé, comme un mirage au loin.

— Le vent est avec nous, dit-il : on peut y être dans trois ou quatre heures…

Il est près de cinq heures quand nous débarquons à Belle-Île. Même s'ils semblent soulagés de se débarrasser de nous, on se quitte en bons termes : après un plat de moules et une solide poignée de main, Vincent, torse et pieds nus, ramène son annexe vers le voilier où Cécile l'attend.

Nous avons préféré le mouillage du port de Pouldon plutôt que Sauzon, plus touristique. Si nous avons bon espoir que le couple ne nous dénoncera pas, deux précautions valant mieux qu'une, nous avons décidé de quitter Belle-Île au plus vite. La police a nos signalements et probablement celui du voilier. Mais où aller ? Avec à peine cinq cents euros en poche, nous n'irons pas loin. Dès lors, trois solutions s'offrent à nous : trouver un bateau qui nous emmènerait à l'autre bout du monde (mais je ne suis pas chaud pour affronter les quarantièmes rugissants avec une fille qui a fait de l'optimiste quand elle était gamine), retourner à terre (au risque de tomber sur les flics), ou filer sur une autre île.

Houat est juste en face de Belle-Île, reliée par bateau : via Le Palais, on peut l'atteindre ce soir.

— Mais après ?

— On cherchera un moyen de joindre le Pays basque, dit Alice. J'ai de la famille là-bas, des amis, des gens susceptibles de nous aider, pourquoi pas à disparaître…

Le plan ne vaut pas grand-chose mais dans notre situation, c'est gérer le désespoir ou se rendre. Pour ça au moins les choses sont claires : je ne suis pas de ceux qu'on enferme – plutôt crever.

Nous filons à travers les épineux. La marinière trouée du capitaine sent la marée mais, puant moi-même sans discernement, je m'accommode de son paletot. Alice, plus chanceuse, a récupéré une robe de Cécile et les vieilles Dock de son compagnon – trop larges, mais c'est toujours mieux que d'aller pieds nus. Elle déambule au milieu du chemin dans une seyante petite robe à pois… Arrivé au hameau du Grand Cosquet, je demande une chaussure à Alice, qui refuse – l'égalité des sexes, mais pas l'égalité des pieds. Dans les ruelles, les gens nous saluent comme si nous faisions partie de la famille. Je marche tête basse, sans un regard pour les marguerites égarées à la sortie du hameau, lorsque mon pas se bloque devant le fossé : un doudou abandonné gît là, couvert de crasse.

Je fixe la chose, immobile sur le bord de la route, les yeux embués… Toujours cette angoisse qui me remonte des entrailles.

— Qu'est-ce que tu fais ? lance Alice.

— J'ai mal aux pieds, rétorqué-je, déblayant mes plantes truffées de cailloux.

Mon manège ne prend pas longtemps :

— Qu'est-ce que tu as ?

— Quoi ?

— On dirait que tu vas pleurer.

— Laisse tomber, tu veux.

Je reprends la route, la tête vide, pour éviter d'exploser. J'ai réagi comme ça à la mort de mon frère Ivan. C'était ça ou descendre les parents, et puis aussi les Viocs, dans la foulée.

Lorsqu'on arrive sur la route, Alice suggère de faire du stop. Des capucines dansent dans les fossés, elle marche devant, pouce tendu. Ses mèches rouges ont comme fondu au soleil. Nous croisons d'abord un type en veste à carreaux agrippé au guidon de son caddie, la gitane maïs aux lèvres, puis une voiture, qui passe en faisant un écart démesuré. Une Audi ignore superbement l'échancrure de sa petite robe à pois quand la suivante s'arrête à une vingtaine de mètres. Nous accourons comme si le conducteur allait s'échapper, et ma respiration se bloque : il y a un drapeau tricolore sur la plaque d'immatriculation de la Peugeot.

À l'intérieur de la voiture, un gendarme. Un gros gendarme.

Peut-être qu'il nous a reconnus, cet empaffé. Alice me tire par le bras. Le gendarme n'est pas seul à bord : deux petites têtes blondes s'agitent sur la banquette arrière.

— Bonjour ! lance Alice par la vitre qui s'ouvre. Vous allez où ?

— À Palais ! annonce le quadragénaire joufflu, désignant sa progéniture. Si ça vous avance, vous n'avez qu'à monter.

— Avec plaisir. Nous aussi on va à Palais…

Le représentant de la loi ôte son képi de l'endroit où Alice pose ses fesses et ouvre la portière d'un air bonhomme. Je m'installe avec les sacs et les garçons à l'arrière, pas trop rassuré. Ceux-là n'ont pas douze ans mais portent déjà une chemise pour couper des bûches et un pantalon pour aller à la guerre. Ils me regardent bizarrement. Peut-être à cause de mes pieds nus. Le gendarme démarre.

— Alors, en vacances ?

— Oui oui ! prétend Alice.

— Vous venez d'où ?

— De la plage d'Herlin.

— Ah ! Herlin ça fait une trotte… Vous vous êtes baignés ?

— Deux fois. Mais pas en même temps, hein.

Je grogne à l'arrière : voilà que la souris joue avec le chat.

— Houlà ! reprend le gendarme. Moi je me baigne plus depuis longtemps ! Elle est trop froide !

Alice alimente la conversation avec un naturel désarmant alors que le revolver repose à ses pieds. Au fil des kilomètres, les gamins n'en finissant plus de glousser sur la banquette arrière, Alice se tourne vers eux :

— Alors les garçons, dites-nous un peu ce qui vous fait rire comme ça ?

Le ton est idéal pour recevoir une réponse de la part d'un enfant mais, à notre plus grande surprise, les gosses s'écroulent de rire. Je tends une moue impuissante à ma complice. Après quelques pouffements de circonstance, l'aîné me désigne du doigt et s'esclaffe :

— On dirait le gars qui passe à la télé !

Je reste un instant ébahi. La télé ? Déjà ? Depuis le rétroviseur, le gendarme m'adresse un drôle de regard. Le plus petit, celui qui rigole de tout son appareil dentaire, s'enhardit alors :

— Ouais, on dirait Tim ! Le héros de *Viva Las Vegas* ! Il a exactement la même coupe de cheveux !

Alice sourit avec eux. Du coup, le gendarme aussi. Je ne sais pas qui est ce connard de Tim mais une demi-heure plus tard, le représentant de la loi nous dépose sur le port du Palais en oubliant de nous arrêter pour meurtre.

*

Alice n'a plus les cheveux rouges mais bleu nuit. Si, pressé par le temps, j'ai un peu foiré sa teinture, elle par contre ne m'a pas raté : j'ai le crâne rasé, presque chauve. En tout cas je suis aussi méconnaissable que le Che débarquant en Bolivie pour se faire tuer. Après un stop au supermarché et une séance de coiffure improvisée dans les toilettes du bar Les Goélands, c'est par le ferry du soir et incognito que nous avons débarqué sur l'île de Houat.

Perché sur une dune blonde, je regarde tomber le crépuscule sur notre nouveau territoire. Ce n'est pas bien grand mais terriblement isolé. La tente montée, Alice est partie ramasser des coquillages sur la plage, la robe ouverte à tous les vents. Cette marque de féminité lui va bien, je trouve même que ça la change, comme s'il s'agissait d'une autre Alice. Bizarre de voir comment les choses évoluent. Elle ne m'a toujours pas dit comment elle s'est procuré le revolver, les raisons qui l'ont poussée à inventer pour moi un jeu aussi dangereux, si les chauffards en BM sont impliqués dans cette histoire… Le silence entre nous s'épaissit. D'elle, il ne me reste plus que son odeur primitive dans la tente et la désagréable sensation qu'elle épie mon sommeil, qu'elle guette au-dessus de moi comme si elle pouvait happer mes cauchemars et me les recracher. Il faut que j'achève les *Mémoires* de Lacenaire pour pouvoir me décider.

On est en juillet, le 14 : un jour de révolution.

Il reste deux balles dans la trousse.

Une suffira.

*

Les ennuis ont véritablement commencé le jour où je me suis retrouvé dans le bureau d'un juge avec l'avocat des grands-parents afin de statuer sur l'avenir de Mathilde. Par expérience, je savais ce qui attendait la gamine : moi aussi j'avais passé mes vacances et mes week-ends chez eux, dans leur villa de La Baule. Sous les pins, il y avait « la Vioc », une espèce de caniche royal qui, lorsque son mari bougeait la main, s'agitait en se demandant où était le caillou, et « le Vioc » qui, pour me gronder d'avoir pissé au lit, me laissait mariner des heures dans le noir de la cave, en guise de punition.

En dépit de ses cinq ans, la petite ne parlait toujours pas. Pas un mot, ou alors des bruits. Imaginer qu'elle pût un jour faire pipi au lit chez eux me faisant froid dans le dos, je me suis attaché les services d'un avoué afin de revendiquer mon devoir de tuteur. Mais dans le bureau du juge où je plaidais seul ma cause, je voyais bien que quelque chose ne tournait pas rond ; l'avocat des grands-parents, un ténor du barreau visiblement connu du juge, expliqua que ses clients étaient encore jeunes et en bonne santé, qu'ils avaient le temps et les moyens d'éduquer correctement l'orpheline jusqu'à sa majorité, que Mathilde les connaissait bien mieux que moi, ce frère qui, jusqu'à présent, avait surtout brillé par son absence, tant à la naissance que par la suite, moi dont les revenus étaient soit dit en passant ridicules, les projets de vie désespérants (*L'Ankou Magazine*...), sans parler de ma moralité douteuse : on évoqua ainsi mon passé d'asocial, mes heures de travaux d'intérêt général pour dégradations sur la voie publique, mes procès-verbaux, mon activisme dans divers mouvements protestataires, le mystérieux financement de la revue et ma consommation régulière de stupéfiants – à l'occasion, on posa la question de savoir d'où provenait l'argent de la revue, insinuant que je dealais ; moi, un marchand !

Je sentis le vent tourner quand maître Villeneuve s'envola dans un brillant plaidoyer contre la petite délinquance et la nécessité d'un climat sain et serein pour l'éducation de l'enfant. Avec ma veste aux poches décousues et mes ratures sur les papiers officiels, je n'avais pas une chance. De fait, le juge m'écouta poliment. Quelques semaines plus tard, il donnait la garde exclusive aux grands-parents, me laissant seul avec ma rage et un droit de visite un dimanche sur deux, de trois à cinq, soit quatre heures par mois.

Aussitôt joint au téléphone, l'avoué qui m'avait épaulé me signifia que son rôle s'arrêtait à remplir les papiers administratifs, que le bureau des Affaires familiales n'était pas de son ressort, qu'il me souhaitait bonne chance dans un monde guère folichon…

A posteriori, il est clair que je me suis comporté comme un imbécile dans cette histoire. Je me suis battu du bout des crocs contre ces chiens alors que je savais ce qui attendait la petite Mathilde… Je l'ai vue au centre social, une fois. Elle m'a tout de suite plu avec son air renfrogné, son urticaire et ses couettes à croquer. On a à peine communiqué, juste des regards et quelques mots pour lui expliquer mon point de vue sur la situation. Seulement, je m'y suis pris comme un manche.

Cela ne se reproduira plus. Je le jure.

Penché sur mon bic, une feuille de papier à cigarettes posée sur les *Mémoires* de Lacenaire, je raconte tout à Mathilde : elle comprendra mes erreurs, mes fautes et mes faiblesses. Mais aujourd'hui, je ne lâcherai pas le morceau. Jamais.

Quand tout est consigné, noir sur blanc, j'écris

la formule magique, celle qui tue la culpabilité, pour la petite : « J'arrive. »

*

Du vent monte un crachin poisseux. Je passe la langue sur mes lèvres salées et marche jusqu'à la crique voisine, désertée à l'heure de la fête nationale. Une nuit mauve appelle ses étoiles au-dessus du port, je ne me sens ni euphorique ni déprimé : juste moi-même.

Ça faisait longtemps…

Avec la brise du soir, les rumeurs du bal me parviennent par bribes. Je m'arrête au pied de la falaise et sors le Smith & Wesson du sac à dos. Alice partie on ne sait où, j'ai moi-même serti la douille… Vert, fuchsia, blanc, violet, les étoiles font des étincelles dans le ciel. Je tends le revolver vers les premiers éclats du feu d'artifice en priant pour que tout ne m'explose pas à la gueule, songe une dernière fois aux Viocs, à la guerre ouverte qu'il me faudra leur livrer pour récupérer la petite et attends la déflagration du feu d'artifice pour abattre une belle bleue.

19

Comme un crotale

Entre le moment où Mc Cash tomba de la dune de l'île de Groix et celui où il succomba au charme discret de la climatisation de sa Renault Safrane aux puissantes émanations de tabac froid, il s'établit une longue succession de corvées parmi lesquelles :

1. Reprendre ses esprits autour d'un petit déjeuner consistant (Perrier, cafés serrés, jus d'orange, tartines, œufs, bacon).

2. Rendre le tout dans les toilettes du Café du Port.

3. Filer à la pharmacie de l'île, se passer d'ordonnance et avaler une poignée de pilules à la codéine.

4. Retourner chez Émilienne et attendre que le premier café reste dans son estomac, sous les regards curieux des enfants et leurs parents en vacances.

5. Attendre la prochaine navette pour Lorient sans alerter la brigade maritime – cela aurait mis les hommes du préfet sur la piste des fugitifs et,

c'était décidé depuis longtemps, il réglerait cette affaire sans les types de la DST.

6. Attendre encore, balayer l'image d'Angélique, sa femme deux fois partie se faire voir sans lui, les remords inutiles qui allaient avec.

7. Prendre le bateau enfin, éviter l'odeur de vomi propagée dans la cabine puis le mal de terre en foulant le continent.

8. Retrouver la voiture garée dans la zone industrielle qui longe le port de Lorient, ses clés, son confort de vieillard, ses papiers de Bounty collés sur les sièges et sa climatisation – une des rares choses qui en ce moment lui arracheraient un soupir de satisfaction.

Mc Cash n'avait pas roulé dix kilomètres qu'il effectua un arrêt d'urgence aux toilettes d'une aire d'autoroute. Là il toussa, plusieurs fois, à s'en arracher la gorge, et vomit un peu de sa bile dans la cuvette.

Sortant livide des toilettes, il croisa son regard dans la psyché. *Mutata in lapidem.* Les yeux perpétuellement ouverts des cadavres, chez lui réduits à un œil unique : œil de l'archer qui vise, le mauvais œil... Après l'absorption d'une poignée de Tic-Tac à la menthe, jugeant inutile de pourchasser un bateau jaune à travers l'Atlantique dans cet état, Mc Cash prit sa première vraie décision depuis dix ans : deux jours de diète.

*

Vendredi. Tout avait changé dans l'appartement du vingtième étage de la tour des Horizons. Mc Cash avait nettoyé son nid d'aigle, de fond en comble : disparus les poils de chien sur la moquette, dernières séquelles de sa liaison sans lendemain après le départ d'Angélique. Finies les casseroles broyant du noir dans l'évier de la cuisine. Envolées les miettes de pain qui depuis le mois dernier faisaient craquer ses souliers jusque sur le carrelage de la salle de bains. Effacées les traces sordides sur la cuvette des toilettes, stigmates grossiers d'une vie où tout foutait le camp. Engloutie la fange de savon écumant dans la douche. Rassemblés les fils électriques qui pendaient des murs. À la casse le matériel défectueux depuis six ans. Translucides les baies vitrées poisseuses. Réparée la porte du frigo arrachée un soir de fringale après une soirée trop bien arrosée. Nettoyée la nicotine sur la *Passion selon saint Matthieu*. À la poubelle le tapis persan d'Angélique, sa première et dernière femme. Achevés à coups de marteau les clous qui, en dépassant de la commode, déchiraient si fréquemment ses chaussettes.

En deux jours de diète, Mc Cash avait fait sa petite révolution. Il avait lavé, frotté, rincé, briqué les symboles qu'il croyait tutélaires de son existence, en un mot, il venait de faire le ménage dans sa vie.

Dans cette affaire, Nietzsche l'avait un peu aidé :

Le sceptique parle :
La moitié de ta vie est passée
L'aiguille tourne, ton âme frissonne !
Longtemps déjà elle a erré,
Elle cherche et n'a pas trouvé – et la voici qui hésite ?
La moitié de ta vie est passée :
Elle fut douleur et erreur, d'heure en heure !
Que cherches-tu encore ? Pourquoi ?
— C'est justement ce que je cherche – ce que je cherche !

À l'ombre du grand homme, voilà qu'il lui poussait des envies…

*

Frédéric Le Cairan n'était qu'une des pistes suivies par la DST. L'abandon de la 504 ne constituait pas une preuve mais elle attisait les soupçons, raison pour laquelle Tuvier et Orsillard avaient interrogé le vieux Filoc'h.

Mc Cash s'était fait parvenir un petit dossier sur le frère d'Alice : Martial Arbizu. Drôle de personnage. Il n'avait toujours pas regagné son domicile. Traînait-il avec sa sœur ? À part Mc Cash, personne n'était au courant de leur escapade à Groix : Fred et Alice avaient probablement débarqué quelque part sur le continent, à pied, du côté de Lorient, au risque de tomber dans la souricière de Legay et Basillac. Avec l'intention d'aller où ? Se sentaient-ils traqués ou au contraire avaient-ils soigneusement balisé leur fuite ?

En dépit de l'heure tardive, Gwenaëlle Magadec n'eut pas l'air surprise de voir un borgne sonner à la porte de son appartement, un magnétoscope poussiéreux dans les bras.

— Je ne vous dérange pas ?

— Heu… non, rétorqua-t-elle en resserrant sa chemise mal boutonnée. J'étais en train de réviser.

Dans l'entrebâillement de la porte, ses pieds nus retenaient Arturo, qui venait pointer ses moustaches.

— Vous avez retrouvé votre chat ?

— Oui. Pas grâce à vous, insinua-t-elle, rappelant ainsi leur dernière entrevue.

— Pourquoi vous dites ça ?

— À votre tête, j'imagine que pour vous les animaux sont rien que des pauvres cons.

— Bah ! Pas tous.

Ils sourirent un peu. Pas beaucoup. C'était un flic.

— Que puis-je pour vous ?

— J'ai retrouvé une de vos déclarations dans mon carnet, au sujet du film que Le Cairan devait vous enregistrer… Vous vouliez dire qu'il ne l'a pas fait ?

— Effectivement. C'est pour ça qu'il m'a donné le double de ses clés : pour que j'aille rechercher la vidéo chez lui. J'en ai besoin pour l'agreg… C'est celui de Fred, non ? fit-elle en désignant l'antique magnétoscope.

— Oui, je viens de chez lui.

— Vous aussi vous avez ses clés ?

— Non. Vous pouvez m'aider ? Ce ne sera pas long…

— Heu… Oui, oui…

Elle ouvrit la porte plus largement et ajouta :

— Yann n'est pas là. Vous aider à faire quoi ?

— Visionner la cassette que Fred ne vous a pas enregistrée.

Elle le regarda, interloquée. Arturo fila devant eux, la queue basse. Des feuilles griffonnées faisaient un éventail sur la table basse du salon.

— L'agrégation ? s'enquit-il en installant la machine près de la télévision.

— Oui. Un boulot de longue haleine.

— C'est comme la noyade.

— Vous avez de ces images…

Il s'emmêla les doigts dans les fils de branchement :

— Dites-moi, si vous aviez tant besoin d'enregistrer ce film, pourquoi n'avez-vous pas tout simplement emprunté son vieux magnétoscope ?

— Eh bien…

Elle réfléchit.

— Fred m'avait promis de programmer l'enregistrement afin que je récupère le film lundi, lors de mon retour : je déjeunais le dimanche midi chez mon père, dans le Morbihan… Vous voulez un café, du vin ?

Ça ne répondait toujours pas à sa question.

— Café. Avec une larme de whisky si vous en avez.

Gwenaëlle sourit, et se rendit à la cuisine. Quand elle revint, les mains encombrées, Mc Cash avait fini ses branchements.

— Vous savez pourquoi Fred n'a pas programmé l'enregistrement du dimanche soir ?

— Non. J'avais pourtant insisté. Je lui avais même fourni la cassette.

— Vous n'avez rien enregistré par-dessus ? demanda-t-il en sortant la fameuse cassette de son étui.

— Non, je n'ai toujours pas de magnétoscope, inspecteur, répliqua-t-elle comme s'il avait tenté de lui tendre un piège grossier. Mais si c'est pour voir un match de rugby, je vous préviens que je risque de m'endormir avant la fin.

— Pas de danger. Le match dure tout le long de la cassette ?

— Je ne suis pas sûre, mais en tout cas le ballon était ovale.

Elle faisait de l'esprit, la belle. Ils se servirent à boire et s'installèrent devant l'écran. La proximité d'un borgne sur son canapé représentait pour Gwenaëlle une expérience inédite. C'était une fille curieuse.

— Vous connaissez des ennemis à Frédéric ? demanda soudain Mc Cash.

— Non. Pas spécialement.

— Et la politique ?

— Quoi la politique ?

— Vous le croiriez capable de tuer quelqu'un ?

— Non. Du moins pas un député.

— C'est-à-dire ?

— À ma connaissance, le député ne lui a rien fait.

Au-delà de son petit air provocant, Gwenaëlle

Magadec semblait délivrer ses messages au compte-gouttes.

— Vous insinuez qu'il serait capable de se défendre si on l'attaquait ?

— Comme tout le monde.

— Rien de plus ?

— Rien de plus.

La Bretonne s'était renfrognée. Pourtant, il était persuadé qu'elle lui cachait quelque chose. Il faudrait peut-être utiliser une autre méthode… Il visionna le début de la cassette – il s'agissait bien de rugby –, et accéléra la bande-annonce du sponsor.

— Qu'est-ce que vous cherchez ?

Enfin la voix du commentateur tonna dans le salon.

— Ça, répondit le policier.

Le test-match enregistré le soir du meurtre se déroulait dans l'hémisphère Sud. Commencé à deux heures du matin, il avait dû s'achever dans la nuit… Mc Cash réfléchissait à toute allure. Voilà pourquoi Le Cairan n'avait pas prêté son magnétoscope : il comptait visionner le match le dimanche matin, chez lui, avant de programmer l'enregistrement pour Gwenaëlle et partir en vacances avec Alice… Or il ne l'avait pas fait. Pourquoi ?

Elle avait fini son thé vert.

— Ça ne vous dérange pas si je roule un joint ? demanda-t-elle au policier, alors concentré sur l'écran de télévision.

— Faites comme chez vous.

Il cherchait toujours. À ses côtés, la Bretonne faisait preuve d'une remarquable dextérité.

— On peut le partager si vous voulez ? s'enhardit-elle.

— Je suis en cure en ce moment.

— En cure de quoi ?

— C'est ce que j'aimerais savoir.

Elle passa doucement sa langue sur le papier.

— Quand vous avez regardé la vidéo pour la première fois, dit-il, vous vous souvenez si vous avez rembobiné ?

— Oui, j'ai rembobiné… Je ne comprends rien à votre histoire de vidéo, déclara Gwenaëlle, revenant d'une longue apnée.

— Votre copain Fred n'est pas rentré chez lui dans la nuit de samedi à dimanche. J'en suis sûr, dit-il. Cette histoire d'enregistrement, ça ne colle pas. S'il ne devait pas revenir ce soir-là, il n'aurait pas enregistré le match de rugby mais votre film. Il comptait donc revenir.

— Sans doute.

Mc Cash consulta les premières pages de son carnet rouge, relut ses notes, ses listes.

— Vous avez parlé de bruits sourds au moment du meurtre, dit-il. « Comme des portes qu'on claque… »

— C'est vous qui l'avez dit, pas moi.

— C'était avant ou après le coup de feu ?

— Après je suppose.

— Et pourquoi pas avant ? Vous veniez de vous endormir, mais dormiez-vous vraiment ?

— J'étais fatiguée, je n'en sais rien.

Il regarda la femme assise près de lui ; ses yeux vagues lui indiquaient que l'imaginaire de la belle avait changé de cosmos. Mc Cash eut alors une idée. Une idée absurde.

— Dites-moi, je pense à quelque chose… Le code d'entrée de l'immeuble n'aurait pas changé ce week-end-là ? Je veux dire celui du meurtre ?

Gwenaëlle sortit de son coma extatique.

— Possible : il a changé dernièrement…

Elle réfléchit.

— Oui, en effet, dit-elle bientôt, le code a changé ce week-end-là puisque je l'ai utilisé pour la première fois en rentrant de chez mes parents à Vannes. J'avais pris le papier du syndic pour m'en souvenir. Je suis parfois tellement distraite…

La dernière phrase l'avait replongée dans ses rêveries.

— Attends-moi, je reviens, fit-il, la tutoyant soudain. Et surtout écoute bien…

Mc Cash se tenait au milieu de la rue Duguesclin, évaluant la façade du bâtiment. Un son de cloche dans le ciel, des pavés mouillés par l'ondée du soir, personne ailleurs : il recula de deux pas sur le trottoir et planta sa semelle dans la porte d'entrée. Rebelles, les battants plièrent mais ne rompirent point. Il prit son élan et tapa de nouveau, plus violemment, plusieurs fois. Même résultat.

Mc Cash composa le code et grimpa au premier étage. Sa veste ruisselait sur le palier. Gwenaëlle Magadec ouvrit. Elle n'avait pas remis ses chaussures.

— C'était des bruits comme ça ?

Elle ne fit même pas semblant de réfléchir.

— Oui. Enfin, je n'en jurerais pas mais ça y ressemblait beaucoup. Ça a duré un moment…

Elle sourit :

— Je ne devais pas dormir si profondément que ça…

Mc Cash ricana méchamment. Ainsi c'était donc ça : Le Cairan n'avait pas le nouveau code d'accès de l'immeuble. Il n'avait pas pu rentrer chez lui.

Ses semelles grinçaient sur le parquet. Depuis la racine de ses cheveux, une goutte de pluie tomba sur sa joue. Imbibé, le cuir du bandeau avait déteint sur sa peau.

— Tu peux retirer ta veste, elle est trempée, dit-elle en passant devant lui. Et puis, ce n'est plus l'heure d'attraper des bandits…

Elle s'assit sur le canapé, déplia ses jambes sur la table basse. Le sourire mauvais du policier changea à la vue de ses pieds, posés comme des statues sur leur socle de bois… Nietzsche avait raison. La Magadec aussi.

— Ces pieds sont très jolis, dit-il.

— Parmi les meilleurs, inspecteur.

— Très… très jolis.

Arturo, qui jusqu'à présent fermait les yeux, coinça ses pattes sous son poitrail. Mc Cash vint au chevet de cette brune aux pieds nus, qu'il caressa doucement, du bout des doigts. Les orteils étaient longs, lisses comme une pomme. Sur le sofa, Gwenaëlle ne dit rien ; elle fermait les yeux, comme son chat.

Alors il embrassa la peau diaphane au creux de sa cheville, ses phalanges douces, soyeuses, puis la plante magique de ses pieds…

*

Jusqu'à présent, la seule preuve dont disposait la police concernant la culpabilité de Frédéric Le Cairan et d'Alice Arbizu se trouvait dans la poche de la veste du lieutenant Mc Cash : le carnet-mode d'emploi du revolver trouvé dans la maison de Locmaria-Plouzané.

Le préfet, la DST, tous avaient misé sur la piste terroriste. Seulement Le Cairan n'était pas un indépendantiste manipulé par les idéologies d'une époque où l'on croyait à une révolution collective. Mc Cash n'avait jamais cru à l'activisme : une personne qui s'apprête à commettre un attentat ne se rend pas à un mariage avec son complice (Augier, enfin joint au téléphone, avait certifié la présence d'Alice et Fred), pas plus qu'il ne prend le risque d'ameuter tout le quartier en donnant des coups de pied dans la porte de l'immeuble où réside sa victime.

Plutôt que de chercher à savoir comment Alice s'était procuré l'arme du crime, le degré d'influence qu'elle exerçait sur Fred ou les motivations qui avaient poussé deux agitateurs provinciaux sans envergure à tuer un député de la République, Mc Cash se demandait toujours pourquoi Le Cairan n'avait pas eu le code d'accès de l'immeuble. Il y pensait depuis la seconde où il s'était réveillé.

Gwenaëlle Magadec, qui dormait encore, Arturo lové sur l'arête blanche du drap (ses reins, probablement), lui avait assuré que le papier du syndic avait été distribué dans les boîtes aux lettres…

Le chat déguerpit au premier geste du policier, qui s'assit sur le rebord du lit. Réveillée par le brusque départ de l'animal, Gwenaëlle ouvrit un œil, puis deux. Ils avaient pas mal bu la veille. Ses pieds avaient fait long feu, ce matin, elle se sentait un peu vaseuse et le grand escogriffe avec qui elle avait fait l'amour dans le salon la regardait, renfrogné, presque agacé.

— Au lieu de faire cette gueule, va donc préparer le petit déjeuner, dit la Bretonne. Il y a tout ce qu'il faut à la cuisine, même du Nesquik.

Mc Cash consentit à ricaner. Deux minutes plus tard, bourrant d'arabica la cafetière d'aluminium, il cria à la femme qui se douchait la porte grande ouverte :

— Tu n'as toujours aucune idée de l'endroit où je pourrais trouver Fred ?

— Dis donc, tu t'arrêtes des fois ?! Je t'ai dit non, c'est non !

— Et Alice Arbizu, tu connais ?

— Non !

L'eau de la douche stoppa net. Mc Cash barbouilla un peu de beurre sur des tranches de pain grillé. Gwenaëlle passa ses longs cheveux mouillés par la porte de la cuisine :

— C'est prêt ?

Dans un coup de vent, elle disparut vers sa chambre.

Mc Cash posa le plateau sur la table du salon. Arturo, qui trônait sur le canapé, bondit sur le tapis. Gwenaëlle réapparut, vêtue d'un pantalon moulant, un chemisier rouge sang sur les épaules.

— Bon appétit, annonça-t-elle en se jetant sur le café et les tartines.

Pas lavé dans son pantalon porté depuis lundi, Mc Cash baragouina avant de prendre son café :

— Et ses grands-parents, à Fred, tu les connais ?

— Sympa le petit déjeuner avec toi, répondit-elle. Non, je ne les connais pas : Fred ne m'en a jamais parlé. Du reste de sa famille non plus d'ailleurs, je te l'ai déjà dit dans une autre vie.

Mc Cash leva son œil, tout en buvant son café. Fini le temps des galipettes et des mots gentils dans le creux de l'oreille.

— La vieille du deuxième m'a dit que Le Cairan et son voisin de palier, un certain Cherroui, passaient leur temps à s'engueuler. Tu en penses quoi ?

— Qu'il est chiant avec son van.

— Qui ça, Cherroui ?

— Oui.

— Pourquoi ?

— Oh ! fit-elle d'un air agacé, de stupides histoires de voisinage... Dis donc, si c'est pour obtenir des infos que tu as couché avec moi, tu peux rentrer tout de suite chez ta femme.

— Je n'ai pas de femme.

Gwenaëlle ne rigolait qu'à moitié. Lui pas du

tout : Mc Cash éprouvait une de ces intuitions qui le trompaient rarement.

— À plus tard, dit-il.

*

Plusieurs procès-verbaux avaient été enregistrés entre Le Cairan et Cherroui, dans le commissariat de quartier : manifestement, Cherroui supportait mal de voir son voisin de palier garer sa voiture dans le bout de parking situé près de son magasin d'informatique – emplacement qui, Mc Cash le vérifia au cadastre, appartenait à la ville : d'où des heurts multiples entre les deux hommes, notamment la semaine qui avait précédé le meurtre… Le policier passa au syndic de l'immeuble : quand on lui apprit que le code d'entrée avait changé le samedi en question à partir de vingt heures et que les résidents avaient été prévenus par courrier, il commença à sentir le mauvais coup.

Les cloches de la cathédrale sonnaient midi quand il se rendit chez Rachid Cherroui. En dépit de ses origines maghrébines, l'homme lui fit tout de suite mauvaise impression. Féru d'informatique, il se levait à peine après sa nuit passée devant des jeux vidéo.

— C'est pour quoi ? dit-il par l'embrasure de la porte.

La mine défaite dans un tee-shirt Coca-Cola et un pantalon de survêtement, Rachid Cherroui n'était pas de bon poil. Il n'aimait pas les flics, celui-là moins que les autres.

— Quelques questions à vous poser.

— Je me réveille, passez plus tard.

Cherroui s'apprêtait à fermer la porte lorsqu'une chaussure l'en empêcha.

— Je n'ai pas beaucoup de temps. Laissez-moi entrer deux minutes, insista Mc Cash en faisant preuve d'une diplomatie qu'il ne se connaissait pas.

— Vous avez un mandat ?

Mc Cash écrasa sa semelle dans la porte d'entrée qui, rasant le front de l'homme, rebondit contre le mur du couloir.

— Y a pas de mandat en France, siffla-t-il en lui attrapant l'oreille. Maintenant tu arrêtes ton cirque et tu vas me raconter ce qui s'est passé la nuit du meurtre, OK ?!

Du talon, le policier claqua la porte et entraîna Rachid Cherroui jusqu'à la fenêtre du séjour sans tenir compte de ses droits.

— Alors ?! hurla-t-il. Tu étais où quand Le Cairan a cogné contre la porte de l'immeuble ?

— Mais…

— Où ?!

Il lui tordit l'oreille avec férocité.

— Je me plaindrai auprès de vos supérieurs ! menaça-t-il.

Après une ultime torsion, le policier lâcha prise.

— Tu ne feras rien du tout…

Cherroui cessa subitement de geindre. Le borgne se rapprocha de lui, il recula d'un pas.

— Tu ne feras rien du tout parce que tu as menti, Cherroui : il ne faut jamais me mentir. Jamais. Je déteste ça.

L'haleine du policier glissa sur son visage pâle.

— Je vais te dire ce que tu as fait, ce que tu as fait tout seul, avec ta petite tête : tu as subtilisé le papier du syndic dans la boîte aux lettres de Frédéric Le Cairan alors qu'il était absent, ce papier qui prévenait les locataires du changement de code d'entrée à compter du samedi 27. Ne bénéficiant plus de l'accès libre en journée, Le Cairan a donc trouvé la porte de son immeuble fermée quand il a voulu rentrer chez lui cette nuit-là. Pourquoi tu as fait ça, Cherroui ? Tu veux que je te le dise ? Pour l'emmerder. Oui monsieur : pour l'emmerder !

Mc Cash criait presque, articulant chaque syllabe :

— Parce-que-tu-es-un-petit-connard-de-propriétaire et que ton locataire de voisin squattait le parking gratuit d'à côté, celui où tu as l'habitude de garer ton van, en face de ta boutique d'informatique, et que tu as décidé que c'était *toi*, le propriétaire de ce précieux parking, hein ?!

Cherroui ne contesta pas : le borgne le fixait comme un crotale.

20

TRM

La petite. Depuis que j'ai trouvé une raison de vivre, le sentiment mortifère de la culpabilité lié au meurtre s'est comme évanoui : pour un peu, je me sentirais en vacances, comme lorsque, enfant, on sort de convalescence et qu'on découvre que l'été a commencé sans nous. Même si le remords me poursuivra toute ma vie, c'était un accident. Les perspectives aujourd'hui sont énormes : l'idée de me battre pour récupérer Mathilde a pulvérisé l'instinct de mort qui me pourrit la vie. Je vais changer. Du tout au tout. Je n'ai pas le choix de toute façon, et c'est maintenant ou jamais. Le jeu d'Alice a été le déclencheur, la goupille d'une grenade que je tiens à la main depuis longtemps. Elle aussi il faut que je m'en débarrasse…

C'est en rangeant le revolver dans le sac que je trouve un papier à carreaux, plié dans mon paquet de cigarettes :

Pour qui est la dernière balle ?

[] les Viocs

[] le flic

[] moi

[] TRM

21

La cave

Ciel bas et vents tourbillonnants. La *Passion selon saint Matthieu* résonnait dans la Safrane lancée à vive allure sur la nationale. Au volant, pour la première fois depuis des lustres, Mc Cash se sentait presque bien.

Il avait fait l'amour avec une inconnue dont hormis le nom, Gwenaëlle Magadec, il ne savait rien. La fille du premier cultivait ses petits secrets comme d'autres leur vigne ou leur maladie. Sur le pas de la porte, personne n'avait parlé de se revoir : le goût de la première fois suffisait à alimenter leur désir et Gwenaëlle savait qu'il valait mieux se tenir éloignée de ce type de personnage sous peine de douleurs longues et partagées.

La diète l'avait rendu lucide. S'il avait tout fait de travers dans sa vie, ou à moitié, il n'y a que les cons qui ne changent pas de vie.

En humeur de sainteté, Mc Cash n'avait pas frappé Cherroui pour le vol du code d'entrée, un acte misérable comme le battement d'ailes d'un papillon, aux lourdes conséquences. Il y avait ce mot sur le cerf-volant retrouvé dans la 504 de Fred Le Cairan : « Pour tes six ans, petite… »

Sa petite sœur. C'était demain son anniversaire : Fred chercherait à la voir…

Située à l'entrée de La Baule, dans les lotissements huppés, la maison familiale prenait le frais sous les pins de la station balnéaire : Mc Cash claqua la portière et se dirigea vers le portail. Fermé.

Un coup d'œil vers l'allée lui indiqua qu'un monospace stationnait devant le garage. Il pressa la sonnette. Jeta un regard sur le jardin. Pas de gamine à l'horizon. Les volets qu'il apercevait depuis le trottoir couvert d'aiguilles de pin étaient tous clos. Il sonna de nouveau, entendit quelques bruits. Enfin, une voix d'homme lança derrière la haie :

— Qu'est-ce que c'est ?

— Police. C'est au sujet de votre petit-fils, Frédéric…

Henri Bénouville apparut derrière le petit portail de bois blanc. Un rat aveugle trépignait à ses pieds. Peut-être un chien.

— Ah ! Lieutenant Mc Cash ! s'exclama-t-il en reconnaissant son bandeau. Qu'est-ce qui vous amène ? Vous avez du nouveau ? Entrez, je vous en prie !

Il s'empressa d'ouvrir le portail. Mc Cash n'avait rien bu, rien avalé d'illicite, mais un étrange sentiment le parcourut tandis qu'il marchait jusqu'à la terrasse d'une propriété à l'architecture très années soixante-dix.

— Qu'est-ce qui se passe ? fit une voix de femme.

— La police, figure-toi ! répondit Bénouville. C'est au sujet de Frédéric !

— Oooooh !

La sexagénaire, qui faisait des mots fléchés, avait une voix d'oie malade. Les joues rouges, potelées, de courts cheveux raides, ses yeux étaient globuleux, un peu idiots. Elle se leva aussitôt, boudinée dans un maillot de bain à fleurs qui rappelait la toile cirée de la table de jardin.

— Je vous en prie, asseyez-vous ! dit-elle en le priant d'un geste. Une orangeade, inspecteur ?

— Non. Merci.

— Alors, vous avez retrouvé Frédéric ? s'enquit Bénouville.

— Pas encore, mais je le cherche…

Le policier observa les persiennes de la maison :

— La petite Mathilde n'est pas là ?

— Heu… non, non.

— Vous avez obtenu sa garde, n'est-ce pas ?

— Oui, à la fin du mois de juin, rétorqua Bénouville. Ça a été une tellement bonne nouvelle pour nous, inspecteur, si vous saviez ! N'est-ce pas, Marie-Jeanne ?

— Oh ! Oui !

Marie-Jeanne, hein…

— Fin juin, vous dites ?

— Oui oui ! Le 26 ! s'enflamma la mamie, servant quand même l'orangeade. Si on s'en souvient ! Ça a été une de ces fêtes !

Les volets de l'étage étaient fermés. Ceux du bas aussi, excepté les fenêtres de la cuisine.

— Et là, elle est où, Mathilde ? s'enquit Mc Cash. Dans sa chambre ?

— Non : elle est partie en colonie de vacances. Une institution privée tout ce qu'il y a de bien ; et puis pour eux, l'été, c'est mieux.

— Ah bon ?

Mc Cash n'y connaissait rien en gamins. Seulement il était passé à l'état civil.

— Je pensais la trouver chez vous, dit-il. C'est demain son anniversaire, non ?

La dame n'eut pas le temps de s'esclaffer.

— Vous savez, à la longue, les enfants s'ennuient avec des vieux comme nous ! sourit Bénouville en patriarche compréhensif. On n'allait pas couper ses vacances pour une petite fête que nous remettrons à plus tard…

Le borgne opina du chef. Il y eut un silence gêné.

— Vous ne voulez pas de votre orangeade ? demanda la dame depuis le bout de toile cirée de la table.

— Je vous ai dit non, merci.

— Papy ! cria-t-elle en ajustant son maillot. Va donc chercher du vin à M. l'inspecteur ! Tu vois bien qu'il n'aime pas l'orangeade !

Mc Cash avait presque envie de rire, pourtant quelque chose l'en empêchait.

— Ne bougez pas, relança Bénouville, je vais vous en chercher à la cave…

Il s'enfuit prestement, laissant le policier seul avec Madame. Comme Marie-Jeanne souriait, béate, il se réfugia dans son carnet. Le 26. La veille du crime. Elle reprit son monologue là où elle l'avait laissé :

— Vous savez, monsieur l'inspecteur, mon mari a raison : Mathilde est mieux à la colonie qu'ici ! L'été, il y a un monde fou à La Baule, et nous sommes très occupés en ce moment avec les travaux que nous avons entrepris à l'étage. Et puis, nous lui avons envoyé un petit cadeau.

Elle tenta un sourire espiègle.

— Quelle colonie de vacances ?

— Celle de Houat, répondit-elle. Une petite île charmante : c'est l'idéal pour les enfants…

Bénouville revenait de la cave, une bouteille à la main.

— On peut savoir pour quel motif vous recherchez Mathilde ? demanda-t-il doucement.

— Non.

Interloqué, l'homme posa le bourgogne sur la table.

— C'est Frédéric qui est dangereux, reprit-il, cachant mal sa nervosité, pas Mathilde : vous avez vu l'attestation du Dr Hardy ?

— Oui, je l'ai vue. C'est votre médecin de famille, n'est-ce pas ?

— Oui, oui… Pourquoi dites-vous ça ?

— Pourquoi ne pas avoir laissé la garde de Mathilde à votre petit-fils ?

— Je vous l'ai déjà expliqué, c'est un incapable ! répliqua Bénouville. Un vaurien qui refuse de travailler. Tout de même, monsieur l'inspecteur, on ne peut pas éduquer correctement une enfant sans un minimum ! Frédéric ne fait même pas cet effort !

Deux plaques rouges venaient de faire irruption

sur ses joues et son cou. Un voile translucide couvrait son regard.

— Papy ! Sers donc monsieur l'inspecteur ! Tu vois bien que son verre est vide ! s'offusqua la dame.

— Oui, excusez-moi, se reprit-il. J'espère que vous aimez le bourgogne ?

Il approcha le goulot.

— J'en suis féru, singea Mc Cash.

— Ah ! se détendit l'autre, vous êtes un connaisseur, vous !

— Ah ! bah, pour ça, avec mon mari vous tombez bien ! embraya Marie-Jeanne. C'est un grand amateur de vins, vous savez ! Ah ! sa cave, sa cave ! Il n'y en a que pour sa cave ! Il y passe tout son temps !

Mc Cash prit une première gorgée en bouche, fronça les sourcils, l'avala quand même. Puis il posa son verre et évalua la bouteille de bourgogne. Un morgon 90.

Il fut alors saisi d'un doute. D'un effroyable doute. Ce n'était pas un vin de garde : qu'est-ce qu'il fichait à la cave ?

*

Après sa traversée en Zodiac, emprunté à la gendarmerie de Quiberon, Mc Cash avait parcouru le bourg de Houat dans son costume trempé comme un spectre sous la lune. Le teint livide, une seule idée en tête, il avait filé jusqu'au camp de vacances tout au bout de l'île, ses pieds peinaient dans le sable, trois jours sans dope, une sacrée cure, enfin il arrivait.

— C'est qui Mathilde Le Cairan ?

— La petite en bout de table, répondit le directeur de la colonie, sorte de boy-scout mal dégrossi portant culottes courtes, foulard noué en cravate et chaussettes en laine.

— Personne n'a cherché à la contacter ces jours-ci ? s'enquit le policier.

— Heu… non. Enfin, si, j'ai reçu plusieurs coups de fil…

— Qui ça ?

— Des gens de sa famille.

— Ses grands-parents ?

— Heu, non : eux je les connais, ils sont venus ici pour amener la petite il y a une dizaine de jours.

— Alors qui ?

— Je ne sais pas, ils ne se sont pas présentés. Mais j'ai reçu un colis pour elle de la part de ses grands-parents. Demain c'est son anniversaire.

Mc Cash secoua sa tête mal peignée. Une Barbie sans doute.

— Hum…

Les joues grasses du type tremblaient dans le sillage du borgne qui traversait le réfectoire sous le regard impressionné des enfants. Apercevant les couettes brunes d'une gamine en bout de table, Mc Cash se retourna vers le boy-scout qui lui collait au train.

— J'ai plus besoin de toi.

Le jeune homme stoppa net, soudain gauche

dans son grand short marine et sa chemise criblée d'écussons :

— Oui, bien sûr, inspecteur… Mais vous savez, heu, elle ne parle pas, cette petite…

— Ça ne parle pas, à six ans ? le rabroua Mc Cash.

— Ben, heu, si, normalement : enfin, ça dépend des enfants…

Le vieil adolescent se retira et, comme les gamins s'agitaient en pouffant au-dessus de leur purée, réclama le silence, aussitôt respecté.

C'était une jolie salle en pierre, avec des poutres sombres et des vitraux pour filtrer la lumière. Les gosses paraissaient agités – un pirate animait leur repas. Quant à Mathilde, visiblement, elle n'aimait pas beaucoup la saucisse. La purée, ça allait encore – elle avait peut-être mangé deux bouchées.

— Tiens, viens avec moi, toi…, lâcha-t-il. Je suis policier, tu peux me faire confiance. Dans les films, c'est moi le gentil.

Docile, l'enfant descendit tant bien que mal de son banc et suivit tête basse les pas du géant sous les chuchotements de ses comparses. Surveillant du coin de l'œil ses couettes qui dodelinaient, Mc Cash referma la porte derrière eux. La pièce adjacente, vide, faisait office de bureau. Ici, ils seraient tranquilles.

Il se planta devant Mathilde, une fillette peu expressive au regard déjà grave. Ses joues rondes étaient couvertes d'urticaire et lui ne savait pas trop comment s'y prendre. Il avait fait parler des suspects récalcitrants, des dealers, des tueurs, des petites frappes, mais jamais de gosses de six ans.

Depuis son détour par La Baule, Mc Cash avait un soupçon. Un terrible soupçon. C'est la bouteille de morgon qui lui avait mis la puce à l'oreille : grand œnologue selon les dires de sa femme, Bénouville lui avait servi un bourgogne lors de sa visite impromptue. Un morgon 90. Proprement imbuvable. Sur le chapitre, Mc Cash connaissait ses classiques : le morgon ne vieillit pas plus de sept ou huit ans. Or, celui de Bénouville en avait déjà presque le double.

Ce type « passait son temps à la cave » mais n'y connaissait rien en vin. Qu'y faisait-il donc ?

— Tes grands-parents t'ont amenée ici ? dit Mc Cash en s'agenouillant devant la petite fille.

Elle pinça ses lèvres, intimidée.

— Tu t'y plais ? Non ? Oui ? Non ? Dis-moi, Mathilde. (Il l'empoigna doucement par le bras.) Il faut que je te parle. C'est important. Une chose sérieuse. Il faut que tu me dises la vérité…

La gamine n'en menait pas large. Le bandeau l'impressionnait.

— Dis-moi, tu préfères être là ou chez tes grands-parents ? Hein ?

Comme elle baissait la tête, boudeuse, il insista :

— Tu aimes bien aller chez tes grands-parents ?

Mathilde se gratta les mains, déjà rouges.

— Tu n'aimes pas aller chez tes grands-parents ? Pourquoi ?

Le menton de la petite commençait à trembler. Mc Cash enfonça le clou :

— Tu n'aimes pas aller chez tes grands-parents, c'est ça ? Dis-moi. Pourquoi ? C'est à cause de la cave ?

La petite fille le regarda alors avec un air qui n'allait pas du tout à une enfant de son âge.

— Dis-moi, Mathilde, c'est à cause de la cave ? Il t'arrive d'y aller ?

Ses joues rougirent sous l'urticaire. Mc Cash n'y connaissait rien en mioches mais il savait traquer la peur dans les yeux des hommes. La petite recula d'un pas, les lèvres frémissantes, et grimaça en silence sous ses couettes.

— Tu vas souvent à la cave ? fit-il en modérant sa voix. Dis-moi, Mathilde…

N'y tenant plus, la gamine fondit alors littéralement en larmes : son visage rond se décomposait, ses yeux se fissuraient mais ses pleurs restaient désespérément muets.

Mc Cash serra les dents : le vieux fils de pute amenait les enfants à la cave.

22

Trop plaisir

Une nuée de mouettes stationnaient sur les mâts des bateaux ; ça sentait la marée basse et le petit blanc sec dans le port de Houat. De volets bleus en roses trémières, Luis grimpa vers le bistrot qui dominait le site. Martial suivait, le cœur barbouillé. Luis devenait de plus en plus hargneux, le prenait pour son larbin, son souffre-douleur, et son regard de taré virait à celui d'un psychopathe. Il n'hésiterait pas à le liquider si le besoin s'en faisait sentir.

Huit heures du soir. Les sept chambres de l'Hôtel des Îles affichant complet jusqu'à l'année prochaine, les deux hommes traversèrent le dédale de ruelles qui constituaient le bourg. Ils avaient mis plusieurs jours avant de comprendre pourquoi Alice avait appelé la colonie de vacances de l'île de Houat. Le chef scout ayant précisé au téléphone qu'aucune personne de ce nom n'avait cherché à le joindre, la piste aurait pu se perdre si un jour Luis n'avait déplié la dizaine de cocottes en papier trouvées dans le pavillon : chacune d'elles était confectionnée avec une lettre officielle, rappel de banque ou attestation de chômage. Parmi ces papiers, une lettre du juge des Affaires familiales où Le Cairan voyait son appel rejeté : il ne serait pas le tuteur de Mathilde, sa petite sœur.

La colonie de vacances de Houat. De nouveau joint au téléphone, le boy-scout avait alors confirmé la présence d'une petite Mathilde Le Cairan. Luis avait ainsi décidé de se rendre sur place, priant pour que son idée soit la bonne, et surtout qu'il n'arrive pas trop tard…

Un chien renifla les pieds du Basque tandis qu'ils passaient devant un portail. Martial suivait toujours : il ne savait plus faire que ça.

Sur la place du village, des hommes préparaient les guirlandes lumineuses pour le bal du soir. Quittant le bourg, Luis et Martial prirent la direction du nord. D'après les commerçants, c'est là que se trouvait la seule colonie de l'île, une institution privée du côté de Porh Halai, à deux kilomètres environ…

Le camp de vacances était un bâtiment de pierres grises aux volets clos, cerné par un mur couvert de lierre. Pendue à la grille, une cloche, que l'Espagnol fit tinter à plusieurs reprises.

Un jeune homme à l'embonpoint prononcé accourut bientôt, affolé :

— Ne faites pas tout ce tintamarre ! Il est presque dix heures : tout le monde dort ici !

Son ton baissa au fur et à mesure qu'il approchait de la grille, puis il se tut complètement : les yeux du Basque le perçaient de part en part.

— Mathilde Le Cairan est là ?

— Eh bien, heu, oui…

— Nous sommes de la famille.

— Ah ? Eh bien, dans ce cas, il faudra revenir demain. Si vous voulez la voir. Tout le monde dort depuis longtemps…

Luis hocha la tête, visiblement satisfait. Par contre, le petit gros qui le suivait n'avait pas l'air dans son assiette.

— Bien. Nous repasserons…

Le chef scout les regarda partir, anxieux – qu'est-ce qu'ils avaient tous après cette gamine ?

Les deux hommes empruntèrent le chemin qui menait aux dunes, estampillées camping municipal. Luis mâchait les restes de son sempiternel cure-dent, snobant le coucher de soleil sur la baie. Il ne savait pas s'il avait vu juste, si Alice et Le Cairan comptaient venir chercher la gamine à la colonie, mais l'île de Houat était minuscule : s'ils étaient là, il les trouverait vite. Sur le chemin des dunes, ils croisèrent une famille à vélos et un poney qui agitait sa frange. Les premières tentes se découpaient dans l'horizon mauve.

Une bande de jeunes hippies technoïdes qui fumaient de l'herbe devant un feu leur indiquèrent un groupe de tentes à l'écart. Martial marchait tête basse dans le sable, le pas de plus en plus lourd.

La plupart des touristes étaient déjà partis au bal. Ils inspectèrent plusieurs canadiennes, vides, avant d'ouvrir le zip d'un igloo livré aux chardons. À l'intérieur, il y avait deux duvets, des boîtes de conserve, des livres, des vêtements et un cerf-volant. C'est en voyant les quelques mots écrits sur les rubans que le doute se mua en certitude : « Pour tes six ans, petite. »

Le Basque extirpa sa longue carcasse de la tente. Sans un regard pour Martial, il jaugea les environs d'un air de défi : ils étaient là.

*

Le feu d'artifice venait de s'achever au-dessus du port. Cloué à la buvette par une foule hétéroclite et bruyante, Martial commanda deux verres à la rousse aux cheveux en pétard qui virevoltait derrière le comptoir improvisé.

— Quatre euros s'il vous plaît ! fit la rouquine en posant deux gobelets dégoulinant de mousse.

Il s'empara des bières et retrouva bientôt Luis, accoudé tel Diogène sur un tonneau en bord de piste. Depuis son estrade, un crooner de campagne en sous-pull argenté entonnait les premiers accords d'un standard armoricain : répondant à ses imprécations, les gens se prirent par la main avant de former une farandole.

— Quatre euros, ils se font pas chier, grogna Martial en lui tendant sa bière.

Le Basque ne releva pas : il observait les petites filles qui dansaient, agrippées aux mains de leurs parents, leurs dernières dents de lait prêtes pour la petite souris.

Cachés dans l'igloo, les deux hommes avaient guetté leur retour mais ni Alice ni Fred n'étaient apparus. Peu avant minuit, alors qu'explosaient les premières gerbes du feu d'artifice, Luis avait décidé de rejoindre le bal. Martial avait suivi, guidé par la peur qui ne le quittait plus.

Ils buvaient leur bière à l'ombre des eucalyptus, quand tout à coup le cœur du Basque se souleva. Après un instant de stupéfaction, il cracha son cure-dent et traversa la piste, comme hypnotisé.

*

Alice s'était mêlée à la petite foule agglutinée sur le port dans l'attente du feu d'artifice. Elle aimait bien ça. Son copain Mavel l'emmenait en voir à mobylette, quand ils étaient gamins. Elle n'avait pas osé le rappeler depuis leur fuite : pourvu qu'il n'ait pas eu d'emmerdes avec les flics… Le bouquet final s'achevant, Alice remonta vers la place où, galvanisé par son succès d'un soir, le chanteur-animateur de la soirée battait la mesure, chercha Fred sous les lampions, ne le trouva pas. La foule affluait devant le podium quand son regard croisa un visage, ou plutôt un objet familier : le bandeau du flic.

Non ! Il était là, de l'autre côté de la piste, de profil, une bière à la main, comme un bon père de famille. La peur la tira en arrière. Comment avait-il fait pour les retrouver ? Une main lui pinça alors violemment le bras.

— Aïe ! lâcha-t-elle dans un petit cri de surprise.

Puis elle eut un geste de repli.

— Luis !

L'homme, d'une pâleur alarmante, serrait les dents et son bras.

— Suis-moi, dit-il, loin de relâcher son étreinte.

Elle jeta un regard inquiet vers le flic, de l'autre côté de la piste. Dans son angle mort il ne les voyait pas encore mais il lui suffisait de tourner la tête pour… Tordant méchamment son poignet, Luis l'attira sous les eucalyptus.

— Tu me fais mal !

— Tais-toi !

— Mais enfin, Luis, ce n'est pas la peine de…

— *¡Cállate, hija de puta!*

Il l'avait pincée jusqu'au sang. Elle frissonna : bon Dieu, où était Fred ?! Martial les retrouva à la sortie du bourg.

— Te voilà, toi ! fit-elle en guise de bonjour.

Son frère ne répondit pas. Alice trouva qu'il avait une sale tête. Ils dévalaient maintenant la pente qui menait au port, désert après le feu d'artifice. Sous l'unique lampadaire, quelques coques de noix reposaient contre les hangars. Comme la brute lui broyait toujours le poignet, elle tenta de se dégager en douceur :

— Lâche-moi, je vais t'expliquer…

Mais Luis avait visiblement d'autres projets en tête : les yeux grands ouverts, il agitait la tête autour de lui, comme si des démons invisibles guettaient dans le noir. Le sang affluait dans son corps, il le sentait presque monter jusqu'à sa tête. Enfin, il trouva ce qu'il cherchait : un endroit clos. La cabane qui jouxtait les hangars ferait l'affaire... Sentant aussitôt le danger, Alice rua avec énergie, manquant de lui échapper : Luis l'attrapa par la bretelle de sa robe et la gifla si fort qu'elle tomba face contre terre.

— Martial !

Alice s'agrippait désespérément aux tiges des fleurs tandis que l'autre la tirait par les cheveux.

Martial baissa la tête. C'était toujours pareil avec lui.

Une poignée de coquelicots s'échouèrent sous le lampadaire lorsqu'elle lâcha prise. La tenant toujours par les cheveux, Luis la traîna littéralement à l'ombre du port, vers le club nautique. Alice couinait. Tout à sa vengeance, le Basque n'écoutait plus que les palpitations de son cœur contre ses tempes. Dans la confusion, croyant apercevoir une silhouette sur le quai déserté, elle cria une dernière fois.

Du revers de la main, Luis lui démolit le nez avant de l'expédier tête la première contre la porte du cabanon.

— Sale con !

Un filet de sang coulait sur ses lèvres. Il força la serrure avec une facilité déconcertante et se retourna vers son acolyte, qui suivait à distance respectable :

— Toi, tu surveilles le port.

Martial songea à protester mais Luis venait d'enfiler son poing américain. Les jambes érodées sous le poids de sa lâcheté, il le laissa jeter sa sœur dans le réduit.

Alice n'eut pas le temps de se relever. L'homme

la plaqua contre le mur et enfonça l'acier du poing américain dans sa joue :

— Où est le revolver ? feula-t-il.

— J'en sais rien.

Luis ricana, pas longtemps. Le cabanon était plongé dans l'obscurité, elle sentait son haleine tout près, mélange d'ail, de rancœur et de haine. Sans coup férir, il écrasa son poing dans le ventre d'Alice. Elle étouffa un cri et partit en une longue plainte. Luis avait l'air d'apprécier : recroquevillée à ses pieds, la jeune femme psalmodiait une inquiétante berceuse… Il la saisit par les cheveux, la força à se retourner et la poussa contre la coque d'un kayak. Le souffle coupé, Alice tenta de se relever mais les forces lui manquaient. Un bruit de ruban adhésif déchira l'air vicié du cabanon. Luis tira sa nuque en arrière et, d'un tour de main, appliqua le chatterton autour de sa bouche. Cette petite garce l'avait possédé l'autre nuit, il s'était laissé bâillonner en toute confiance, certain qu'elle partageait ses désirs, ses fantasmes, au lieu de quoi la traîtresse avait sournoisement profité de son immobilisation pour lui voler son arme. Ce soir, elle paierait l'humiliation, au prix fort.

— À mon tour, *hija de puta* ! glapit-il.

Touchée au foie, Alice respirait à grand-peine, happant désespérément l'air qui manquait à ses poumons. Luis soufflait bruyamment dans son dos, marmonnant des jurons dans sa langue maternelle : il releva sa petite robe à pois et, d'un coup sec, arracha sa culotte. Alice cherchait encore l'oxygène quand elle sentit le sexe dur de l'Espagnol contre ses cuisses. Il la frappa alors aux reins, une fois, l'obligeant à s'incurver. Elle gémit sous son bâillon tandis qu'il écartait brutalement ses fesses.

— *¡Hija de puta!* siffla-t-il en lui crachant dessus.

Mais elle se tut. Ça lui aurait fait trop plaisir.

23

Terre

— Alice ?

Les drisses claquent dans l'air du soir. Je déambule sur le quai désert, encore troublé par son mot trouvé dans le paquet de cigarettes. Plus haut, la fête bat son plein. J'ai couru jusqu'au bal où on s'est donné rendez-vous, mais d'elle nulle trace. Je guette les mouvements du port, le même mauvais pressentiment au creux des reins – il ne me reste plus qu'une balle et Alice semble avoir tout prévu… Il y a alors un bruit en contrebas.

— Alice ? Alice, c'est toi ?

Je crois apercevoir une silhouette près des pontons. J'appelle de nouveau, sans obtenir de réponse. Quelqu'un vient pourtant de se glisser à l'ombre du lampadaire, je ne suis pas bigleux.

Je dévale la petite pente et me retrouve devant un tas de ferraille et un lot de barques alanguies dans la nuit moite. Par terre gît une poignée de coquelicots, arrachés au terre-plein, déjà morts…

— Alice ?

Je vois enfin la silhouette qui se terre à l'ombre

du lampadaire : un homme trapu, un peu gras, qui attend je ne sais quoi, entre la défense et l'attaque. Des cris étouffés s'échappent depuis le cabanon voisin. Celui d'une femme. J'avance aussitôt vers le petit gros qui se tripote les mains :

— Qu'est-ce que c'est que ce bordel ?

— Vous... Heu, on ne passe pas !

Le type semble embarrassé. J'approche du club nautique, le cœur battant. Envie de lui mettre sur la gueule.

— On ne passe pas, j'ai dit ! fait le petit gros en s'interposant. Allez, dégage !

— Qui t'es, toi ? je m'énerve.

Un gémissement se fait entendre depuis le cabanon. Celui d'Alice. L'autiste, Mathilde, toutes les femmes en détresse du monde me sautent à la figure. Le petit gros prend un air menaçant quand mon poing s'écrase sur sa tronche. Le type recule sous le choc, je me suis fait mal aux phalanges, mais il titube tel un jouet téléguidé dévié de sa trajectoire avant de s'affaler dans les parterres fleuris du port. Je fonce déjà vers le cabanon, il fait sombre à l'intérieur mais mes yeux se sont faits à la lune : j'aperçois Alice à la lueur de la lucarne, écroulée sur la coque d'un kayak. Dans son dos, un type défroqué souffle comme un bœuf. La rage grimpe en une fraction de seconde le long de mes cuisses, attrape mes entrailles fumantes et ne les lâche plus, comme l'autre nuit avec le député. Je braque le Smith & Wesson sur l'autre salopard, qui s'immobilise aussitôt :

— Non !

En flashes aveuglants, l'espace d'une seconde, je revois la scène en entier : je vois la Poubelle lancée sur la quatre-voies de Saint-Malo, les kilomètres qui nous ramenaient du mariage ce foutu samedi soir, les phares dans la nuit, Mathilde en garde chez les Viocs à cause de mon dilettantisme, tout ce qu'Alice retenait par sa seule présence près de moi, puis les lumières de la ville, poussières électriques en suspension, l'immeuble où j'habite, le code d'accès qui ne fonctionne plus, nos appels inutiles, mes ruades dans la porte d'entrée pour réveiller un voisin, la fenêtre du deuxième qui s'ouvre, celle de Philippe Longemoux, ses hurlements de colère, les excuses d'Alice, l'autre qui ne voulait rien savoir, comme quoi nous n'avions qu'à connaître le code, il était dans la boîte aux lettres, il disait qu'il fallait voir ça avec le propriétaire, le syndic, le règlement était valable pour tout le monde, y compris pour des gens comme moi.

Je revois le député qui en claquant sa fenêtre nous a laissés à la rue, Longemoux, notre voisin socialiste dont on apercevait le pyjama rayé derrière la vitre, je revois le Smith & Wesson dans la boîte à chaussures, la vitesse pour m'en emparer, le cran de sûreté déjà ôté, dans un de ces moments de rupture où l'équilibre vaut la chute, je vois le canon que j'ai pointé vers la fenêtre comme dans un rêve, un mauvais rêve où la rage emportait tout.

Ce n'est qu'après avoir tiré que j'ai réalisé : l'homme en pyjama venait de s'écrouler. À la fenêtre, un vide… Je ne suis pas un tueur, pourtant j'ai tué…

Le canon tremble au bout de ma main tandis que je vise le type : une pression du doigt sur la détente et tout est fini.

— Non ! fait-il en tendant la main en direction du revolver.

J'ai tué, mais c'était un accident : je presse la détente, l'agresseur se contracte mais la balle se loge au-dessus de sa tête.

Voilà pour le député.

Voilà pour la dernière balle.

Je ne suis pas un tueur mais la rage est une onde brûlante dans mes veines : je me précipite sur le type qui cherche à se refroquer, et d'un coup de canon lui fissure le crâne. Les chevilles entravées par son pantalon, il tombe à la renverse. Je le saisis par la ceinture et le tire brutalement dehors. Son dos râpe le bitume de la cale avant de s'immobiliser dans les graviers qui bordent les bacs à fleurs. Un type au visage émacié ; il jure en espagnol, du sang plein les yeux, mais je suis déjà sur lui, une poignée de graviers à la main. Gris, coupants. Le type se débat mais mes genoux le maintiennent à terre : je presse les cailloux sur sa face de rat et, comme on presse une orange, tourne, tourne, de toutes mes forces.

L'homme rue en étouffant des cris mais la haine m'aide à lui labourer la face. Du sang coule entre ses mains, ses lamentations me passent par-dessus. Quand je me relève, j'entends de nouveau le son des gréements dans le vent et, plus haut, la musique du bal. Près du parterre de fleurs, l'agresseur d'Alice grogne comme un sanglier à l'agonie. Je l'achèverais volontiers à coups de pied dans le ventre, mais mon cœur file déjà vers le cabanon. Alice est assise sur la coque d'un kayak de mer, un morceau de scotch marron dans les mains. Sa jolie robe est toute déchirée.

— Ça va ? lancé-je en ramassant le revolver à terre.

— Non.

Mais elle se relève toute seule. Je tremble encore. Secouée, Alice reprend à peine ses esprits.

— Qu'est-ce qui s'est passé ?

— Rien. Je t'expliquerai.

— Tu rigoles ?

— Écoute, Fred, j'ai vu le flic, au bal. Tout à l'heure.

Je pâlis un peu plus.

— Merde.

— Oui. Il faut se tirer : il faut se tirer maintenant.

Les larmes coulent sur les joues d'Alice. La pauvre est encore toute secouée.

— Il y a des barques dans le port, je dis, on n'a qu'à en braquer une.

— Non, les kayaks. Le kayak, c'est plus rapide. Vite…

Je ravale ma salive, passablement anxieux à l'idée de m'aventurer sur un de ces rafiots de plastique, qui plus est en pleine mer, mais tirant les kayaks par le bout, les pagaies à la main, on fait un vacarme du diable en dévalant la cale. On n'a pas revu les deux salopards qui ont agressé Alice, disparus dans la nature. La mer est si noire que j'en ai déjà froid dans le dos.

— Tu es sûre de ton coup ?

— Hœdic, c'est l'île la plus proche. Allez !

Je saute dans mon embarcation et, au prix d'une lente glissade, rétablis l'équilibre sur l'eau noire.

— C'est par où ?

— Par là ! fait-elle en désignant la nuit.

Quelque part en face, il y a paraît-il l'île de Hœdic. Une boule se fiche dans ma gorge malgré la situation. Une boule amère, océanique. Impossible de deviner la moindre lumière : une couche de nuit épaisse nous sépare de la terre ferme. Alice me laisse passer devant. Si la mer est minée, c'est moi qui saute le premier…

— Dépêche-toi, le voilà ! siffle-t-elle.

J'aperçois la silhouette du flic sous le lampadaire. Sans plus réfléchir, je commence à pagayer, de plus en plus vite, traversant les vaguelettes qui viennent s'échouer sur le rivage. Fuir. Muscles tendus, la nuque enfoncée dans les épaules, nous nous activons dans la nuit. La terre s'éloigne à une vitesse surprenante.

— On va où comme ça ? je glapis dans la brise fraîche.

— En face !

En face, il n'y a rien que l'obscurité. Le courant se fait plus dense à mesure que nous flirtons avec les cailloux. Surplombés par de trop placides rochers, nous traversons un court chenal avant d'atteindre la pleine mer. Du cyclope, plus la moindre trace…

— C'est encore loin ?

— Attends au moins qu'on parte !

Près de moi, Alice rame comme dans une joute Cambridge-Oxford. Je la laisse me doubler. Les fesses déjà mouillées, je zigzague sous la lune. La mer est d'un noir sans fond. Insidieusement, ma vieille phobie de l'eau reprend le dessus. Alice se lance à l'assaut de l'océan qui, loin du rivage, prend des allures singulières. Les embarcations s'élèvent lentement, puis s'enfoncent dans les creux : trempé, je rame, la peur entre les dents. Les vaguelettes qui tout à l'heure léchaient le bec du kayak m'éclaboussent maintenant avec une ferveur malsaine. Ne pas céder à la panique, l'île d'Hœdic se trouve juste en face, mais je ne la distingue pas : l'obscurité a avalé le monde. Soudain je ne vois plus Alice, perdue dans la houle… De lourds nuages sombres courent après la lune. Le temps passe, atroce. J'essaie de ne pas paniquer mais le vent du large a soulevé la mer : les vagues sont des monstres grondants sortis droit de mes cauchemars. Les pires. Je patauge dans le kayak, l'eau dépasse déjà le niveau de mes pieds, la houle envoie mon cœur par-dessus bord, je pagaie en vain, maintenant l'équilibre en une succession de miracles qui n'occultent en rien ma fin, proche, inéluctable. Plus d'échappatoire. Je dois payer. Payer pour mes crimes. Même la nature se venge. Il suffit de la voir. La nuit du jugement, la nuit des coupables, tout ça réuni pour moi seul, une exclusivité mortelle… La boule fichée dans mon gosier descend jusqu'à mes jambes : Alice n'a toujours pas réapparu. Le monstre l'a happée en premier… Je veux crier mais ma gorge reste nouée. Un vent de panique souffle à la surface du globe : Alice m'abandonne, au plus mauvais moment. Évidemment. Évidemment…

Ce n'est plus une traversée mais un naufrage : les épaules brûlantes, je pagaie sans même oser regarder les paquets de mer qui me foncent dessus, avec l'énergie du désespoir. L'écume gicle sur mon visage défait, l'océan gronde, crache, soulève l'embarcation toujours à la limite de l'équilibre. Un équilibre de dupe, Poséidon réclame mon sacrifice, que justice soit faite, implacable, brutale et juste – sans doute… Au bout de la course, je me retrouve seul au milieu de l'océan, perdu en mer. Toute respiration bloquée, j'attends la mort, plusieurs fois par minute, seul face à ma pire phobie… Alice. Dans un éclair, tout devient lumineux : le livre qu'elle m'a offert avec le revolver et le carnet – Lacenaire.

Le Cairan.

Une anagramme, à une lettre près. Nos deux noms sont une anagramme. Aussitôt des idées folles germent dans mon esprit, de la mauvaise graine bien sûr, comme moi, comme lui : Lacenaire, poète-bandit suicidé à l'échafaud de sa révolte, Lacenaire, cette excellente ordure, qui voulait faire trembler la richesse sur son trône et jusque dans ses entrailles de fer, Lacenaire prêchant au riche la religion de la crainte, puisque la religion de l'amour n'avait aucun pouvoir sur son cœur… Ma poitrine se comprime ; comme lui j'expédiais mes Mémoires avant de payer pour mes fautes commises. Alice me menait à ma perte : elle connaissait ma nature profonde. En m'offrant les Mémoires d'un criminel, elle avait prévu l'inéluctable.

Ce soir, la mort me punissait.

Naufragé dérivant dans la tourmente, la nuit m'engloutit pour de bon.

Alors, en pleine phobie délirante, une voix déchire la houle :

— Fred !

Masse sombre dans la nuit agonisante, l'île d'Hœdic apparaît, toute proche. Terre, terre…

24

Une grande bouffée d'herbe pure

Quelques pétards s'élevèrent dans le ciel, encore minoritaires face aux étoiles. Arrimé au comptoir de la buvette, un gobelet de bière à la main, Mc Cash buvait depuis une heure. Peut-être deux – sa Swatch avait pris l'eau dans le Zodiac qui l'avait amené ici. L'idée d'attendre les tueurs au bal du 14-Juillet lui avait déjà coûté trente euros. Ou le double. Le borgne buvait sans s'en apercevoir, ruminant sa colère. Ce qu'il venait de vivre l'avait secoué. Pauvre gamine… Le vieux Bénouville ne perdait rien pour attendre. Quant à Fred et Alice, il ne savait pas s'ils étaient à Houat mais Mc Cash les connaissait : ils finiraient par se montrer, aujourd'hui ou demain, pour l'anniversaire de Mathilde.

Sur le podium, le vieux chanteur au sous-pull brillant achevait sa musette à petits coups d'accordéon. Plus haut, un arc-en-ciel pyrotechnique s'éparpillait sur la mer – le bouquet final. Croyant peut-être passer inaperçu parmi la foule, le borgne avait d'abord troqué son bandeau pour une paire de lunettes noires, mais la nuit tombant il n'y vit bientôt plus rien, de sorte qu'il préféra remettre son bandeau, quitte à s'exposer aux regards des autres.

Après un bref et lénifiant discours sur la Bretagne authentique, le crooner armoricain entonna un air qui sentait le succès de la soirée. Mc Cash allait recommander quand son regard se ficha sur le visage d'un homme qui, en se faufilant, avait renversé un peu de bière sur la manche de sa veste. Il le vit s'éloigner vers les tonneaux, en dehors de la piste, persuadé de l'avoir croisé quelque part… Où ? Sur la petite place, les gens gesticulaient dans une farandole improvisée. Une fillette souriant de tout son appareil dentaire passa devant lui, puis une grosse femme aux mollets pour ainsi dire sans chevilles. Il lui fallut un quart d'heure pour se souvenir du visage du type croisé tout à l'heure : c'était dans le dossier du Pays basque. Martial Arbizu.

Le policier chercha nerveusement parmi les noceurs mais ne le trouva pas.

— Vous savez où est parti le petit gros qui buvait une bière ici ? lança-t-il aux jeunes grimpés sur les tonneaux.

Une petite à couettes orange rétorqua :

— Avec un grand sec ? Par là, dit-elle, avec une fille…

Abandonnant bal, bière et jeunes filles en fleur, Mc Cash fila vers le port.

Quand il arriva, le quai était désert. Plus loin sous la lune, deux petites taches se mouvaient sur la mer. Des kayaks… Il courut jusqu'au phare et observa un moment leur déplacement jusqu'à ce qu'ils disparaissent, engloutis par la nuit. Alice et son frère ? Et Le Cairan ? Avec le temps qu'il faisait, ils ne prendraient pas le risque de passer la Teignouse, ses cailloux et ses courants, pour rejoindre le continent. Non : ils n'avaient d'autre choix que de filer droit devant, sur l'île d'en face. Hœdic.

Mc Cash reprit son souffle. Ce soir, le vent du large lui faisait comme une grande bouffée d'herbe pure.

25

Les gaz

Le visage de Luis saignait toujours abondamment. Caché dans les rochers, il avait d'abord vu cette garce d'Alice et son complice lui filer entre les mains, avant qu'un grand type avec un bandeau ne se précipite à son tour au bout du quai.

Lui aussi semblait chercher les fugitifs. Un flic peut-être. Un sale flic. Il avait contemplé l'océan un moment, puis disparu, tout à coup…

Luis trouva Martial à l'ombre du lampadaire, adossé contre la tôle d'un hangar, le nez en sang. Il le tira par les cheveux pour le remettre d'aplomb :

— *¡Por aquí!*

Effrayé par l'aspect répugnant des plaies sur son visage, Martial recula. Luis avait encore besoin de lui. Il désigna le scooter des mers amarré au ponton :

— Trouve-moi le gars à qui il appartient, dit-il d'une voix blanche. Vite. Il faut rattraper ta garce de sœur.

Il fallut près d'une demi-heure à Martial pour trouver le propriétaire de l'engin, un jeune homme bronzé qui payait tournée sur tournée à la buvette du bal. Deux filles et un type de son genre l'accompagnaient sous les lampions. Le jeune îlien fit d'abord celui qu'on dérangeait dans son bain, mais quand Martial lui signala que deux adolescents tentaient en ce moment même de lui voler sa machine, son sang ne fit qu'un tour. Gonflant les pectoraux comme s'il allait affronter un nain, il lui emboîta le pas jusqu'au port, suivi par un blondinet en chemise hawaïenne.

Luis attendait à l'ombre du ponton. Il frappa d'abord le plus grand, à la nuque. Le voyant s'écrouler, son copain envoya une droite de fête foraine avant de s'affaler à son tour : le poing d'acier venait de lui casser la mâchoire.

Le Basque fouilla les poches du premier, trouva les clés et fila vers le ponton. Martial le regardait s'agiter, médusé. Luis passa une manche sur son visage ensanglanté, grimpa sur le scooter et lança :

— Dépêche !

Vingt minutes plus tard, alors qu'ils naviguaient à vitesse réduite sur une mer cassante, Luis stoppa la machine.

Ciel bas, bruine, visibilité presque nulle. Ils étaient environ à mi-chemin d'Hœdic, dont on devinait les quelques lumières au loin : d'Alice et du type, toujours aucune trace. Pourtant ils étaient là, dans un coin d'obscurité, cherchant à gagner l'île d'en face… Les misérables croyaient-ils encore pouvoir lui échapper ? Oh oh ! Mais c'était bien mal le connaître ! Bien mal le connaître !

Ses vêtements étaient trempés, le froid s'immisçait partout, ses plaies s'étaient remises à saigner mais Luis ne lâcherait rien. Il avait coupé tout contact avec ses supérieurs, tout à sa folie destructrice. Sur le biplace, Martial commençait à s'inquiéter :

— Qu'est-ce qui se passe ? Pourquoi tu t'arrêtes ?

La brise marine balayait la crête des vagues. Luis bloqua son souffle et expédia un formidable coup de coude dans son dos. Totalement surpris par la traîtrise de l'attaque, Martial tomba par-dessus bord. Il pataugea dans l'eau noire.

— Hey ! cria-t-il comme un putois. Hey !

Mais Luis remit aussitôt les gaz.

26

Légitime défense

Les kayaks crissent sur le sable. L'air de la mer nous a glacé les os mais nous accostons, vivants, sur le bout de terre vierge. Miracle. Un miracle qui m'encourage à tirer mon embarcation au sec.

— Putain, j'ai cru qu'on n'y arriverait jamais…

Encore sous le choc, je fais quelques pas sur la crique. J'ai vaincu ma vieille phobie, mon appréhension irraisonnée de la mort en apnée. Alice, que j'ai crue morte mille fois, est là, près de moi, ruisselante, elle aussi plus vivante que jamais. L'océan coule à nos pieds, la terre est bien dure, avec ses cailloux, sa faune, tout ce qui constitue la vie. On distingue même le poste de sauvetage, masse noire sur la droite…

— Le flic a dû nous voir partir, m'aventuré-je.

Alice ne répond pas.

— Et le type qui t'a agressée à Houat, c'est qui ? Hein, j'insiste, qu'est-ce qu'il te voulait ?

— Luis, dit-elle, le type à qui j'ai volé le revolver. C'est un copain de Martial, mon frère, au Pays basque…

— Le petit gros qui montait la garde devant le cabanon ?! Tu parles d'une ordure !

— Tu es arrivé à temps, Fred. C'est toi qui m'as sauvée.

— Oui, eh bien dis-toi qu'on a eu de la chance.

— On n'a plus beaucoup de temps, dit Alice. Cette fois-ci, on est au bout du chemin…

La nuit mange son visage mais je devine ses pupilles dilatées sous la lune. Son sac à dos glisse le long de ses jambes. Sa voix tombe sur moi comme une stèle.

— Il reste une dernière balle, Fred…

Elle s'empare du revolver, me regarde, belle et froide dans sa robe à pois déchirée, le Smith & Wesson à la main.

— Il reste une balle, répète-t-elle : la dernière.

— De quelle balle tu parles ? Je les ai toutes tirées, la dernière à deux centimètres du salopard qui voulait te violer ! Et tu crois pas qu'on a autre chose à faire ?!

— À l'origine, il y avait cinq balles, rectifie Alice. Tu n'en as tiré que quatre, il en manque donc une… Celle-là, ajoute-t-elle, brandissant une balle flambant neuve.

J'ai un instant de flottement – Bon Dieu, d'où elle la sort celle-là ? En guise de réponse, Alice fait basculer le barillet.

— Qu'est-ce que tu fabriques ? Putain, il faut se tirer d'ici avant que les flics rappliquent !

Elle niche la dernière balle dans son logement et relève la tête, parfaitement lugubre :

— Non, Fred, non : pour ce qui me concerne, l'histoire s'arrête ici.

Elle me tend la crosse du revolver. Pire, elle me l'impose. Son air de ne pas y toucher aurait dû m'alerter depuis longtemps. Entre nous pas de destin, rien que des enjeux. Elle m'a acculé à ce bout de plage, acculé à elle. Nos lettres, la collaboration à la revue, tout ça n'était qu'un écran de fumée.

L'écume lèche nos pieds, nous nous tenons face à face, le .44 Special pèse des tonnes dans ma main et je refuse de comprendre. En bloc. L'âme fendue dans ses yeux, je cherche une issue au piège qui s'est refermé sur moi. Je recule, la main rivée sur la crosse du Smith & Wesson, Alice me regarde dans les yeux et laisse glisser sa robe sur ses chevilles, un méchant sourire aux lèvres :

— Tu vois, dit-elle : l'amour, c'est comme les coquelicots…

Ses seins ténus saluent l'air marin d'un frisson, elle est nue devant moi, et je ne sais toujours pas ce qu'elle veut – que je tire, bon Dieu, qu'on en finisse, c'est ça ?!

Alice attend, statue de peau sous la lune. Ses yeux bleus sourient comme ils n'ont jamais souri, mille éclats pétillant sous les étoiles pour un amour aveugle, quand une main invisible l'attrape par la gorge.

Une lame effilée se plante sous son menton tandis qu'on la tire en arrière.

— Toi, tu bouges plus !

*

Luis avait surgi des rochers, le visage rougi de sang. La garce qui l'avait humilié était maintenant au bout de son couteau ; le Basque l'aurait probablement égorgée sur-le-champ si son complice n'avait tenu un revolver. Figé dans son costume humide après son périple en scooter des mers, Luis enfonça la lame plus profondément dans la chair de la traîtresse.

— Aïe !

— Ferme-la, salope !

— Lâche-la !

— Va te faire foutre !

— Je vais te tirer dans la gueule, connard ! Lâche-la, je te dis !

— Toi, lâche le revolver !

— Va te faire foutre !

— L'écoute pas, Fred !

Un dialogue de sourds. Mc Cash apparut à son tour sur la crique, son Magnum calé dans la paume. Lui aussi était trempé après la traversée en Zodiac.

— Oui, lâche le revolver ! siffla le borgne à l'intention de Fred. Tout de suite ! Toi aussi, lâche ton couteau ! Je vous préviens tous, je ne vois rien, je tire dans le tas !

Le Cairan tenait l'arme toujours braquée sur Luis et Alice. Mc Cash avança d'un pas.

— Stop ! hurla le Basque. Un pas de plus et je la saigne !

L'homme avait le visage lacéré et des yeux de dément sous la lune. Il y eut un bref moment de flottement. La plage était minuscule, impossible de s'échapper.

— Il me reste une balle, lança Fred.

— Et moi il m'en reste six, renvoya Mc Cash.

Luis enfonça un peu plus sa lame dans la glotte d'Alice, immobile et nue :

— Lâchez tous les deux vos armes ou je la tue ! menaça-t-il.

Un filet de sang coulait déjà sur son cou.

— Tire ! s'étrangla Alice.

Mais Fred ne pouvait pas. Il risquait de la toucher.

Mc Cash évalua la situation : il tenait Le Cairan en joue sur sa gauche, qui dirigeait son arme sur Alice et le type au couteau, légèrement sur sa droite, dans son angle mort. Mc Cash fit pivoter le Magnum, visa d'instinct et tira entre les jambes de la fille pour toucher l'homme qui la plaquait contre lui. Tétanisée par le coup de feu, Alice ne réagit pas tout de suite : c'est quand elle sentit la pointe du couteau se relâcher sur son cou qu'elle se jeta à terre. Dans son dos, Luis expulsa un cri de douleur – la balle du .44 lui avait démoli le tibia.

Mc Cash se tourna vers Fred, qui aussitôt s'écria :

— NON !

Luis souffrait le martyre, mais il ne lâcherait rien : la seule femme dont il était spontanément tombé amoureux l'avait possédé, il était perdu pour la cause mais il restait l'honneur : il assura sa prise sur son couteau et se jeta sur Alice pour lui ouvrir le ventre. La jeune femme n'eut pas un geste d'esquive. Mc Cash retourna son arme, trop tard : le type allait frapper. Sa tête explosa dans la foulée. Une éclaboussure de chair et de sang qui gicla sur Alice, bouche bée. Quand elle rouvrit les yeux, Luis gisait dans l'écume, à ses pieds, répandant une nappe sombre autour de lui.

Fred laissa tomber le revolver sur le sable.

— Je ne suis pas un tueur…

— On sait, ouais…

En attendant, le type n'avait plus de tête : tirée à bout portant, la balle avait perforé le crâne. Un bon tir, évalua le borgne à la lueur pâle des étoiles.

À deux pas, Alice grimaçait de peur et de dégoût. Un liquide noirâtre la recouvrait, elle sentait le jus infect dégouliner sur son corps, il y en avait partout, des petits morceaux de chair et d'os, sur sa peau, par milliers, tiédasses, visqueux…

— Fred, supplia-t-elle. Fred…

Mais son compagnon d'infortune ne bougeait plus. Perdu dans son abîme, il regardait son corps nu recouvert d'immondices, incrédule. Une vision d'horreur le traversa, qui lui remontait de loin, et le cloua sur le sable de la crique – le Vioc… Hermétique au drame aphone qui se dénouait là, Mc Cash fouilla les poches du mort.

— Luis Dominguez, marmonna-t-il en passant sa Maglite sur ses papiers.

Nationalité espagnole, résidant à San Sebastián. Donostia, en basque. Dans sa veste, un poing américain et des balles de .44 Smith & Wesson… Finalement, les types de la DST n'étaient pas si bêtes – ce type était un tueur. Mc Cash se tourna vers les fugitifs. Alice se tenait penchée sur les vaguelettes, s'aspergeant le corps pour se laver des immondices.

— Qui c'est ce type ? fit-il en désignant le cadavre du Basque.

— Un autonomiste en planque chez mon frère, glapit Alice, tremblante.

Le policier ramassa la robe qui gisait sur le sable, la lui tendit.

— Basque ?

— Oui… ETA.

Elle était aussi pâle que son complice. Elle enfila sa robe déchirée.

— Qu'est-ce qu'il voulait ? relança Mc Cash.

— Récupérer son revolver, répondit-elle avec sang-froid.

— Que tu as volé ?

— Oui… Mais ce n'était pas pour tuer des gens.

— Je sais. Le carnet-mode d'emploi. Encore un de vos jeux à la con.

Elle baissa la tête sous le regard incrédule de son complice.

— Et ton frère ? reprit Mc Cash.

— Il était avec Luis tout à l'heure, sur l'île d'en face… Je ne sais pas où il est.

Mc Cash ramassa le Smith & Wesson échoué

sur le sable, fit tomber le barillet, vit qu'il était vide. Puis il jaugea les fugitifs, qui grelottaient de concert. C'était l'heure du verdict.

— Maintenant vous allez me suivre et la boucler, feula-t-il.

Alice et Fred le regardaient, toujours immobiles :

— Allez ! On se dépêche !

Les jeunes passèrent devant le cadavre mutilé qui gisait dans l'écume. Le Zodiac était amarré aux rochers de la crique voisine. D'un coup sec, Mc Cash démarra le gros Yamaha.

— Mathilde est au camp de vacances, sur l'île de Houat, dit-il. Vous y êtes en une demi-heure. La grille n'est pas haute et le scout qui la garde est seul. Voilà la clé de la porte, dit-il en la jetant à leurs pieds. Le dortoir de droite, en entrant : le lit contre la fenêtre… Bénouville ne fera pas d'histoires.

Comme ils le fixaient sans bouger, il cria :

— Maintenant disparaissez, c'est compris ?! Allez chercher la gamine et foutez-moi le camp !

Fred et Alice échangèrent un regard plein de vie – le cyclope les laissait partir… Ils firent un premier pas vers l'écume quand le borgne les attrapa chacun à la gorge :

— Mais n'oubliez pas, ajouta-t-il d'une voix blanche : la prochaine fois que vous faites les cons, je vous massacre. Pigé ?

Avant de les pousser sur les boudins du Zodiac.

*

Fred Le Cairan et sa complice étaient loin quand Mc Cash revint sur les lieux du crime. Le Basque baignait dans son sang, le crâne explosé… Mc Cash enfonça ses doigts dans la plaie ouverte, fouilla les remugles qui s'épanchaient du cerveau, toucha enfin un objet métallique, cylindrique. Il délogea le projectile dans une série de jurons, fit quelques pas jusqu'au rivage et lança la balle au loin, dans les flots.

Le vent de la nuit le faisait frissonner. Mc Cash chargea le Smith & Wesson qui avait tué le député Longemoux avec les balles trouvées dans les poches de Luis, nettoya soigneusement les empreintes, cala le revolver dans la paume du tueur et, pressant son index sur la queue de détente, fit feu une fois. Enfin, pour parfaire sa mise en scène, il tira son Magnum de son étui, se posta à quelques mètres du cadavre de Luis et, visant trois fois, pulvérisa ce qui restait de son visage.

C'était moche à voir mais il plaiderait la légitime défense…

27

Le goût baiser

Il fallait essuyer. Essuyer les immondices sur le corps d'Alice. L'essuyer… L'espace d'un instant, je vis mon monde s'ouvrir, puis se refermer brutalement. Elles grouillent toujours, les réminiscences, dans l'ombre de la vérité cachée depuis si longtemps. Le Vioc. Essuyer. Bien sûr… Il fallait essuyer… La cave… La vision des immondices sur la peau d'Alice m'a fait tomber dans un trou, celui de ma petite enfance, ce trou noir dans ma tête. Le chaînon manquant a ressurgi à la lumière de ma conscience, révélé dans toute sa nudité, sa cruauté. La cave, les mots du Vioc, le ton, la voix, son haleine, tout m'est revenu d'un coup. Du trou d'air qui soufflait dans ma mémoire a jailli le loup : je devais avoir deux ou trois ans à l'époque, mais j'avais enregistré l'intonation mielleuse du grand-père quand il me disait : « Il faut essuyer maintenant, il faut essuyer. » Essuyer le pipi que j'avais fait au lit, dans la cave.

Geignant dans le noir, j'aurais fait n'importe quoi pour couper à la punition – n'importe quoi, il le savait bien le vieux : si jeune, si petit, il savait bien que je ne me plaindrais à personne, que la terreur suffisait pour me taire à jamais, moi comme les autres. Aujourd'hui ma sauvagerie avait enfin un nom : le Vioc.

Avec le jour naissant, les étoiles s'affalent une à une dans le ciel. Accroupi dans le fossé qui borde le camp de vacances, je vérifie pour la centième fois la présence de la clé dans ma poche. Mes vêtements sont trempés après la traversée en Zodiac mais je n'ai plus froid. Plus le temps. Alice se tient allongée contre le talus, les sens aux aguets, comme une lionne en chasse.

Disparaître.

Avec Mathilde.

Loin.

Je ne sais pas ce qui a poussé le flic borgne à nous épargner mais il a été clair… J'évalue la grille de la colonie de vacances : deux mètres tout au plus. Un jeu d'enfant.

Je me tourne vers ma complice, le cœur battant :

— Prête ?

Je vais jaillir du fossé quand un détail retient mon élan, un petit morceau de papier qu'Alice tient entre ses lèvres. Je dois m'approcher pour lire :

Le goût baiser est-il assez proche de celui du coquelicot ?

[ ] non

[ ] à voir

[ ] et ta (petite) sœur ?
[ ] Tout Reste Mystérieux

Le goût baiser, allons bon... Ce n'est ni le moment ni l'endroit mais les grands yeux bleus d'Alice luisent, atlantiques. Sa robe à pois est déchirée, ses épaules humides sous la lune, grelottant de froid ; étrangement, elle n'a jamais été aussi belle. Ou je la regarde pour la première fois comme elle est. Étais-je donc aveugle ? Je l'embrasse à pleine bouche, caresse ses cheveux. La sensation est douce et violente. Alice aussi a l'air d'aimer ça, le goût baiser... Enlacés dans le fossé, il nous faut un temps fou pour nous redresser. Alice remet un peu d'ordre dans sa robe froissée, passe sa langue sur ses lèvres humides, me sourit. J'admire son corps, sa beauté révélée, encore tout palpitant d'elle. À l'ombre de la colonie, son visage s'éclaire lentement, comme l'aube se lève.

— Alors, elle chuchote, tu m'aimes ?

— Bof, je lui réponds.

Le goût baiser...

28

Nu

— Qu'est-ce qui vous prend, Mc Cash ?

Anne-Françoise Trémaudan ôta ses petites lunettes rondes. Debout face au bureau, son meilleur lieutenant semblait fatigué. De fait, même l'insolente poitrine de la commissaire ne semblait plus l'intéresser.

— Je viens de lire ce rapport, reprit-elle en plaquant sa main sur le bureau. Un rapport décousu, absolument indigne d'un policier : le vôtre en l'occurrence !

Le borgne se tenait debout sur la moquette, impassible dans ses chaussettes dépareillées.

— Le préfet est furieux, poursuivit-elle. Non seulement vous harcelez l'homme que vous êtes censé protéger, vous laissez filer son petit-fils, et voilà maintenant que vous tuez des activistes basques sur la côte bretonne !

Elle s'emporta :

— Bon sang, qu'est-ce qui vous a pris ?

La colère gonflait son poitrail.

— Je ne sais pas, répondit-il.

— Quoi ?

La commissaire tendit l'oreille, écarlate.

— Je suis tombé sur ce type par hasard, alors que je cherchais Le Cairan. Je ne pouvais pas savoir qu'il s'agissait d'un terroriste en planque sur l'île d'Hœdic, se justifia-t-il mollement. Comme il portait son arme sur lui, ça a mal tourné.

Ils se regardaient méchamment.

— Un .44 Special Smith & Wesson, dit-elle.

— Oui.

— Comme celui qui a tué le député.

— Oui.

— Et vous l'avez abattu.

— Oui.

— Pourquoi ?

— C'était lui ou moi.

Une poignée de secondes s'éparpillèrent sur le bureau de la commissaire.

— C'est votre explication ?

— Oui, patronne.

Malgré l'heure tardive, les voitures bouchonnaient sur le boulevard de La Tour-d'Auvergne.

— Vous allez vous faire casser, assura Trémaudan, et je ne pourrai rien pour vous.

— Dommage, fit-il en se concentrant un peu sur son chemisier.

Seulement il était fatigué. De l'autre côté du bureau, la femme ne décolérait pas.

— Et Le Cairan ?

Mc Cash haussa les épaules. Il avait longuement hésité avant de prononcer son verdict, car dans cette affaire, nul n'interférerait entre lui et la justice : ni le préfet, ni la DST, ni même la commissaire. Il déciderait, seul – il l'avait dit. En dernier, Nietzsche l'avait prévenu :

> *Justice : il vaut mieux se laisser voler que d'avoir autour de soi des épouvantails – c'est du moins conforme à mon goût. Et rien n'est jamais qu'une affaire de goût – et pas autre chose !*

Alors il avait jugé. Il n'y connaissait rien en gamins pas plus qu'en éducation, mais au final, un couple en cavale valait mieux que la cave du grand-père. Bénouville, de par ses amitiés, était intouchable. Mc Cash n'avait pas de preuves mais la gamine avait été explicite quand il l'avait interrogée au camp de vacances. En graciant son frère, il avait fait un choix. Peut-être le premier. D'autres suivraient. Il l'espérait en tout cas… Un mouchoir à la main, le borgne essuya la larme qui coulait de sa prothèse.

La commissaire plia sa gitane dans le cendrier.

— Et la voiture abandonnée en pleine forêt ?

— Volée, sans doute.

— Une idée de la raison pour laquelle Le Cairan n'a pas prévenu la police ?

— Elle ne valait même pas un contrôle technique, rétorqua Mc Cash. En cas de vol, vous savez bien que les assurances ne remboursent rien.

La commissaire soupira. Flic avant tout, elle restait persuadée qu'il lui cachait quelque chose. Elle ne savait pas quel intérêt cette tête de pioche avait de protéger Le Cairan, ce que valait la piste du Basque. Le revolver trouvé à ses côtés était parti à la balistique. On verrait bien ce que ça donnerait. Trente-huit personnes liées de près ou de loin aux groupes indépendantistes avaient déjà été interpellées et le préfet ne comptait pas s'arrêter en si bon chemin : Legay et ses hommes interrogeaient en ce moment même les différents leaders des groupuscules bretons, activistes ou autonomes, liés aux anciens de l'ETA…

À celui qui faisait le pied de grue dans ses chaussettes dépareillées, elle déclara :

— Étant donné les circonstances, je vous retire l'affaire Bénouville.

Elle attendit une réaction : aucune.

— Franchement, je vous croyais meilleur limier…

L'inspecteur restait de marbre. Tant pis pour lui.

— Vous êtes de plus suspendu de toute activité jusqu'à nouvel ordre, ajouta Trémaudan. Je ne sais pas ce que vous avez dans votre sale caboche, Mc Cash, mais il va falloir vous expliquer sur les circonstances de l'exécution de ce Dominguez…

— Je n'ai rien à déclarer.

— Vous expliquerez ça à la commission de discipline, répondit-elle sèchement. Au revoir. Ou adieu.

Ses yeux noirs pétillaient de rage. Le borgne quitta le bureau, souriant à l'idée d'être mis à la porte. Ça lui faisait pareil quand il était petit.

*

Minuit. Mc Cash avait le trac devant la porte de Gwenaëlle Magadec. Il n'avait rien fumé de la journée et les fleurs qui encombraient ses bras commençaient à l'enivrer. Aucun bruit sur le palier, pourtant un filet de lumière filtrait sous la porte. Peut-être la dérangeait-il avec un nouvel amant…

Après un moment d'hésitation, il grimpa à l'étage, déposa le bouquet de fleurs sur le paillasson de Mme Bertier, la paranoïaque du deuxième, et redescendit sur le palier. La sonnette était là, kitsch à souhait, à portée de main. Mc Cash hésitait toujours quand la minuterie s'éteignit, le plongeant brusquement dans le noir. Si son cœur battait, c'est qu'il lui en coûtait : et s'il louchait ? Si sa prothèse avait bougé, si elle s'était déplacée, hein, il aurait l'air de quoi ? Peut-être qu'il louchait, en ce moment même, comme un débile ! Comme un ridicule et méprisable débile !

Au prix d'un effort lent mais démesuré, il ôta son bandeau. L'impression d'être nu. Ou mis à nu. Pestant dans sa barbe pour ce qu'il imaginait encore être une faiblesse, il rangea le bout de cuir dans sa poche et sonna.

Les secondes passèrent, trop nombreuses. Il la dérangeait.

Le borgne allait partir quand un bruit le retint. Un léger grincement sur le parquet, un miaulement, suivi d'un silence équivoque. Sa respiration se bloqua : par l'embrasure de la porte, un pied apparut, terriblement nu…

DU MÊME AUTEUR

Aux Éditions Gallimard

Dans la collection Série Noire

PLUS JAMAIS SEUL, 2018.

CONDOR, 2016, Folio Policier n° 850.

MAPUCHE, 2012, Folio Policier n° 716.

ZULU, 2008, Folio Policier n° 584.

UTU, 2004, Folio Policier n° 500.

PLUTÔT CREVER, 2002, Folio Policier n° 423.

Dans la collection Folio Policier

SAGA MAORIE, Haka – Utu, 2016, n° 798.

LA JAMBE GAUCHE DE JOE STRUMMER, 2007, n° 467.

Dans la collection Folio 2 €

PETIT ÉLOGE DE L'EXCÈS, 2006, n° 4483.

Aux Éditions Baleine

HAKA, 1998, Folio Policier n° 286.

Dans la collection Le Poulpe

D'AMOUR ET DOPE FRAÎCHE, 2009, coécrit avec Sophie Couronne, Folio Policier n° 681.

Chez d'autres éditeurs

POURVU QUE ÇA BRÛLE, Albin Michel, 2017.

LES NUITS DE SAN FRANCISCO, Flammarion, 2014, Folio Policier n° 842.

COMMENT DEVENIR ÉCRIVAIN QUAND ON VIENT DE LA GRANDE PLOUQUERIE INTERNATIONALE, Le Seuil, 2013.

NOUVEAU MONDE INC., La Tengo Éditions, 2011.

QUEUE DU BONHEUR, édité par le MAC/VAL, 2008, d'après l'œuvre du plasticien Claude Closky.

RACLÉE DE VERTS, Éditions La Branche, collection Suite noire, 2007, Pocket n° 14870.

Aux Éditions Pocket Jeunesse

MAPUCE ET LA RÉVOLTE DES ANIMAUX, illustré par Christian Heinrich, 2015.

KROTOKUS Ier, ROI DES ANIMAUX, illustré par Christian Heinrich, 2010.

Aux Éditions Thierry Magnier

MA LANGUE DE FER, littérature jeunesse, collection Petite Poche, 2007.

JOUR DE COLÈRE, littérature jeunesse, collection Petite Poche, 2003. Nouvelle édition, 2016.

Aux Éditions Syros

L'AFRIKANER DE GORDON'S BAY, littérature jeunesse, collection Souris noire, 2013.

ALICE AU MAROC, littérature jeunesse, collection Souris noire, 2009.

LA DERNIÈRE DANSE DES MAORIS, littérature jeunesse, collection Souris noire, 2007.

LA CAGE AUX LIONNES, littérature jeunesse, collection Souris noire, 2006.

Composition: Nord Compo
Impression Novoprint
le 8 janvier 2019
Dépôt légal : janvier 2019
1er dépôt légal dans la collection : février 2017

ISBN 978-2-07-270655-4/ Imprimé en Espagne.